THE WILD WAY HOME

집으로 가는 길

THE WILD WAY HOME

집으로 가는 길

글 | 소피 커틀리 옮김 | 허 진

ШB
위니더북

병원

밧줄
그네

가브리엘
떡갈나무

강

강변 모래밭

뾰족 바위

징검다리

맨델 숲

비키!
캘런 라몬트가 베아트리체 버드와
찰리 메리엄의 도움을 받아 그린 지도

머릿속에 불이 타올라

개암나무 숲으로 향했네.

나뭇가지 꺾어 껍질 벗기고

산딸기 실에 꿰어 가지 끝에 매달았네.

흰 나방들 날갯짓하고

별이 나방처럼 깜빡거릴 때

산딸기 낚싯대 강에 드리워

작은 은빛 송어 한 마리 낚았네.

송어를 내려두고

불 피우러 간 사이

송어 있던 자리에서 들리는 부스럭 소리

누군가 나의 이름 부르네.

윌리엄 버틀러 예이츠

'방랑자 앵거스의 노래'

1. 오래전 어느 날…

한여름 이른 아침, 첫 찌르레기가 울고 마지막 흰 나방이 날아간 순간에 한 아기가 나무로 둘러싸인 숲속 빈터에서 태어났다.

아기의 눈동자에 처음으로 비친 생명체는 나뭇가지처럼 아름다운 뿔이 난 붉은 수사슴이었다. 아기는 붉은 수사슴을 보았고 붉은 수사슴도 아기를 보았다. 끝없이 펼쳐진 숲은 정지한 듯 고요했다.

엄마는 붉은 수사슴에게 고마워하며 아기 이름을 '붉은 수사슴 아이'라고 지었다. 육천 년 전에는 다들 그렇게 이름을 지었다.

그날 아침부터 아기는 다른 식구들처럼 사슴 이빨을 목걸이에 달았다. 사람들은 사슴 이빨이 아기를 지킬 거라고 믿었다. 계절이 흐르고 잎이 나고 지며 아기도 배우고 자랐다. 매년 한여름이 오면 엄마는 사슴 이빨에 줄을 그어 나이를 표시했다.

그리고 줄이 열두 개가 된 어느 여름, 사슴 이빨이 사라졌다.

2. 먼 훗날...

9

3. 사냥

나는 개암나무의 이끼 낀 가지에 올라 몸을 숨겼다. 다리를 달랑거리며 주위를 살폈다. 나뭇잎이 바람에 바스락거리고 산비둘기가 구구 울었다. 숲은 오래된 뼈처럼 곳곳에서 삐걱거렸다.

숲이 파르르 떨렸다. 죽은 자의 동굴 쪽에서였다. 사냥꾼들이 다가오고 있었다.

실안개 속 흐릿한 햇살 사이로 눈을 가늘게 떴다. 사냥꾼들은 거침없이 숲을 헤치며 전진했다. 가지를 부수고 치고 쪼개는 소리가 점점 더 커졌다.

사냥꾼들이 고사리 수풀을 지나 해가 비치는 숲길에 모습을 드러냈다. 바로 위 나뭇가지에 내가 숨어 있었다.

그들이었다.

라몬트. 비키. 네로.

나는 숨을 죽였다.

라몬트가 옆구리에 양 손을 짚고 서서 주위를 유심히 둘러보았다. 비키는 나무를 빙빙 돌며 길고 날카로운 막대기로 토끼 굴을 찾아 덤불을 쑤셨다. 네로는 뒷덜미 털을 곤두세운 채 땅에 코를 박고 으르렁거리며 까만 귀를 세웠다.

심장이 쿵쿵 뛰었다.

네로가 잠시 가만히 있더니 코를 벌름거리며 불쑥 고개를 쳐들었다.

그러고는 곧장 눈길을 고사리 수풀로 돌렸다. 부스럭 소리가 들렸다.

네로가 라몬트를 보았다. 라몬트는 입술에 손가락을 갖다 댔다. 비키가 고개를 끄덕였다.

소리의 주인공이 나라고 생각하는 게 틀림없었다.

수풀이 다시 꿈틀거렸다.

라몬트가 손을 들어 숫자를 셌다.

셋.

둘.

하나.

사냥꾼들은 막대기를 높이 들고 소리를 지르며 수풀 속으로 뛰어들었다.

새끼 사슴 한 마리가 반대쪽으로 튀어 나갔다. 나무 그늘에 가린 꼬리가 어렴풋이 보였다. 사슴은 폴짝폴짝 뛰더니 이내 시야에서 사라졌다.

네로가 마구 짖으며 사슴을 쫓아갔다.

"네로!"

라몬트와 비키가 허리까지 오는 수풀에서 소리쳤다.

기회는 나에게 넘어왔다.

나무를 타고 잽싸게 내려와 달렸다.

"찰리다!"

비키가 소리쳤다.

뒤도 돌아보지 않고 언덕을 내려가 강으로 향했다. 주먹을 꼭 쥔 채 앞만 보고 달렸다. 나무다리를 쿵쾅쿵쾅 건너 가파른 자갈길을 올랐다. 숨소리가 거칠어지고 가슴이 따끔거렸다. 주술사의 우물에서 급히 방향을 틀어 고사리 수풀을 통과했다. 목적지는 분명했다.

사냥꾼들도 나무다리를 요란하게 건넜다. 그들은 내 뒤를 바짝 쫓고 있었다.

밧줄 그네와 박하 밭을 지나 빈터 끝까지 달렸다. 숨을 헐떡이며 어깨 너머를 돌아보았다. 아무도 없었다. 빽빽한 나무 사이로 언덕 위까지 내처 뛰었다. 풀무더기를 잡아당기며 몸을 겨우 지탱해 정상까지 올랐다.

마침내 정령 바위 앞에 섰다. 이마를 차가운 잿빛 바위에 댔다.

"집!"

나는 바위를 힘껏 손바닥으로 쳤다.

풀밭에 털썩 주저앉아 눈을 감고 숨을 거칠게 몰아쉬었다.

내가 이겼다.

네로가 헐떡이며 정령 바위에 모습을 드러냈다. 바위 옆에서 혓바닥을 쭉 내밀고 헉헉거렸다. 라몬트와 비키는 내가 이겼다는 것을 알고는 뛰지 않았다. 라몬트가 언덕을 기다시피 올라와 내 옆에 드러누웠다.

"사슴 때문이야. 사슴만 아니었어도 우리가 이기는 건데!"

라몬트가 투덜거렸다.

"사슴이 잘못했네."

내 말에 라몬트는 옆구리를 찌르며 눈을 흘기더니 피식 웃었다. 네로가 긴 꼬리를 흔들었다. 눈은 라몬트 손에 들린 막대기만 따라 움직였다.

"물어와, 네로."

라몬트는 막대기를 휙 던졌다. 네로가 다시 언덕 아래로 쏜살같이 뛰어갔다.

"야! 나 맞을 뻔했다고."

비키가 휘청휘청 언덕을 올라왔다. 마침내 비키도 정령 바위에 도착했다.

"다음에는…. 절대 사냥꾼 안 할 거야…. 누군가를 찾기에 이 숲은 너무 너무 너무…."

비키가 숨을 헐떡이며 침을 꿀꺽 삼켰다.

"심하게 넓어."

"이번에는 숲이 잘못했군."

모두 웃음이 터졌다. 비키조차 킬킬거렸다.

우리는 말없이 숲을 내려다보았다.

강물의 잔물결이 반짝거렸다. 굽이치는 강물을 눈으로 따라갔다. 강은 숲을 통과해 희미하게 보이는 은빛 바다까지 이어졌다. 브라우니 조각처럼 네모반듯한 초록 들판이 보였다. 숲을 둘러싸고 강기슭에서부터 잿빛으로 마을이 퍼져 있었다. 숲은 우리가 노는 빈터를 둘러싸고 빈터는 언덕을 둘러싸고 언덕은 정령 바위를 둘러쌌다.

목을 길게 빼면 우리 집 지붕도 어렴풋이 보였다. 아마도 아빠가 가엾은 엄마를 위해 따뜻한 차를 끓이고 있을 집. 여전히 엄마가 침대에서 꼼짝달싹 못 한 채 곧 태어날 아기를 기다리는 집.

4. 돌

아기는 원래 사흘 전에 태어날 예정이었다. 아빠는 그날이 '예정일'이라고 말했다.

엄마는 커다란 빨간 펜으로 부엌 달력에 하루하루 날짜를 지워가며 그날을 기다렸다. 마지막 달에 엄마의 몸 상태가 좋지 않자 의사는 침대에 누워서 지내라는 지시를 내렸다. 의사의 처방은 엄마를 미치게 했다. 여름 공기는 무더웠고, 창밖에선 작고 날렵한 칼새 무리가 재잘대며 맑고 푸른 하늘을 갈랐다. 나라도 집에 지루하게 틀어박힌 여름은 견디기 어려울 것이다. 하지만 견딜 가치가 없지는 않았다. 그 생각을 하면 온몸의 솜털이 쭈뼛 서기도 했다. 나는 곧 오빠나 형이 될 예정이었다. 그러면 모든 것이 바뀔 것이다.

햇살이 금빛으로 누그러지면서 그림자가 길어졌다. 주머니에서 반질반질한 조약돌을 꺼냈다. 정령 바위를 향해 실눈을 떴다. 팔을 앞뒤로 크게 흔들며 바위의 뾰족한 꼭대기를 향해 조약돌을 던졌다.

비키가 팔꿈치를 괴고 지켜보았다. 돌은 큰 원을 그리며 정령 바위 너머로 날아갔다.

"땅!"

비키가 바닥에 드러누우며 신나게 외쳤다.

"네로! 돌 먹는 거 아냐!"

네로가 돌을 찾으러 달려가자 라몬트가 소리를 질렀다. 잠시 후 네로가 입을 오물거리며 돌아왔다.

"역시 말을 잘 듣는다니까."

"시끄러워, 찰리!"

라몬트가 네로의 턱을 잡고 돌멩이를 빼냈다.

"너 줄까? 네 보물창고에 넣어둬."

"됐어. 너나 가져, 라몬트."

나는 코웃음 쳤다.

"평범한 보물창고가 아냐. 맨델 박물관이라고!"

옆에서 비키가 이죽거렸다.

"비키, 2학년 때 이후로 나는 그런 말 쓴 적 없다."

비키를 향해 눈을 흘겼지만 비키는 들은 척도 하지 않았다.

"침이 흥건한 돌멩이 따위를 박물관에 들일 순 없잖아, 안 그래? 오소리 두개골이나 화살촉이나 제비집 옆에 둔 돌멩이가 어떻게 보이겠니?"

비키는 젠체하며 우리가 어렸을 때부터 숲에서 수집한 것들 목록을 읊었다. 그러고는 눈을 감고 누워 붉은 긴 머리를 풀밭에 풀어 헤쳤다. 라몬트는 네로의 침으로 축축한 돌을 이마에 얹고 균형을 잡느라 기우뚱거렸다. 비키가 몸을 일으키고 앉아 엄지를 척 올렸다. 나도 킥킥 웃었다.

뜨끈한 저녁 햇살이 얼굴에 드리웠다. 슬며시 눈을 감고 네로의 매끈하고 보드라운 귀를 쓰다듬으며 숨을 길게 내쉬었다. 이제는 진짜 집에 가야 한다. 엄마가 어떤지 봐야 한다. 내가 형이 되었는지 아니면 오빠가 되었는지 알아봐야 한다.

"먼저 간다. 내일 보자."

나는 자리에서 일어섰다.

"내일 네 생일 너무 기대 돼! 찰리, 이번에는 휴대전화 사주실까?"

비키가 눈을 반짝거렸다.

"아마도."

행운을 빌며 등 뒤로 손가락을 꼬았다.

"내일 밤에도 모여서 놀 거지?"

라몬트가 말했다.

"당연하지."

입을 열기도 전에 비키가 먼저 대답했다. 네로마저 동의한다는 듯 꼬리를 흔들었다. 네로의 까만 머리를 쓰다듬었다.

"아기한테 달렸어."

나는 어깨를 으쓱하다 씩 웃었다. 몸이 부르르 떨렸다.

"아기한테 달렸어!"

비키가 갈비뼈를 쿡 찌르며 따라 했다.

"간다."

나는 활짝 웃으며 돌아섰다. 어깨 너머로 크게 '안녕!'이라고 외치고 달렸다. 빈터를 지나 숲을 가로지르는 자갈길을 뛰어 내려갔다.

나무 사이로 들어서니 공기가 서늘하고 어둑했다. 길 양쪽에 늘어선 나무들은 위쪽 가지가 맞닿아 터널 같았다. 멀리서 라몬트와 비키의 웃음소리가 희미하게 들렸다. 크고 투박한 새가 나무 옆에서 날개를 퍼덕였다. 내 머리를 후려칠 것만 같아 급히 몸을 수그렸다. 그러다 그만 발이 미끄러져 자리에 털썩 주저앉았다. 새는 나뭇가지에 걸터앉아 한심하다는 듯날 뚫어지게 보았다. 이른 아침 하늘 같은 색의 깃털을 가진 산비둘기였다. 잿빛 분홍빛 은빛.

넘어진 자리 주위로 자갈들이 흩어졌다. 작고 옅은 돌멩이 하나가 두 눈을 사로잡았다. 돌을 주워 반바지에 문질러 닦았다. 희끄무레한 빛깔의 돌이 반질거렸다. 크기나 모양이 아몬드 같았다. 흙투성이 손바닥 위에서 돌이 내는 희미한 빛을 한참 바라보다 깨달았다. 돌이 아니었다. 이빨이었다! 어깨뼈에 누군가의 숨결이 닿은 듯이 소름이 돋았다.

깨진 데 하나 없이 뿌리까지 온전한 이빨이었다! 크기가 작지도 않았다. 오소리 같은 동물의 이빨이 틀림없었다. 어쩌면 여우? 아니면 사슴? 비키와 라몬트가 뭐라고 하든 이건 보물이었다. 내 보물 상자에 더없이 어울리는 보물. 맨델 숲에서 이런 이빨은 처음 발견했다. 이빨의 뾰족한 부분으로 손끝을 누르며 자리에서 일어섰다. 손끝에 작은 자국이 남았다. 나는 주머니에 이빨을 넣었다.

문득 누가 나를 보고 있다는 느낌이 들었다.

"라몬트? 비키?"

게임에서 졌다고 내 뒤를 몰래 따라와 놀래키려는 걸 수도 있었다.

하지만 아무도 없었다.

산비둘기가 나뭇가지에 앉아 요란하게 깃털을 푸드덕거렸다. 그 바람에 나도 모르게 펄쩍 뛰었다.

"놀랐잖아!"

산비둘기를 올려다보았다. 깃털이 물에 기름을 섞은 것처럼 오묘하게 빛났다.

산비둘기도 나를 내려다보았다.

"구구. 구구. 누…구? 누…우…구? 누…우…우…우…구?"

녀석이 고개를 갸웃거렸다.

나는 웃음이 터졌다.

"찰리 메리엄이다. 왜?"

새는 날개를 펼치고 하늘로 쌩 날아올랐다.

"촐리. 머. 룸."

뒤쪽 나무의 높은 가지 위에서 굵은 목소리가 들렸다. 사람 같았다. 하지만 한번도 들어보지 못 한 목소리였다.

나는 돌아서서 달렸다. 젖 먹던 힘까지 다해 미친 듯이 뛰었다. 이번에는 게임이 아니었다.

5. 집

 눈앞에 숲의 초록색이 번지고 귓가에는 쿵쾅거리는 심장 소리만 울렸다. 갈림길에 이르렀다. 또다시 앞만 보고 뛰었다. 키 큰 나무 울타리를 지나면 대문이었다. 그리고 마당. 우리 집이다.

 뒷문을 벌컥 열고 들어갔다.

 "엄마!"

 나는 있는 힘껏 소리쳤다.

 "찰리, 무슨 일이냐?"

 아빠가 부엌에서 스파게티를 만들고 있었다.

 숨이 차서 아무 말도 할 수 없었다.

 엄마가 잠옷 차림으로 느릿느릿 걸어 나왔다. 몇 주 동안 침대에서 누워서 지냈지만 몹시 지쳐 보였다.

 "너 괜찮니?"

 엄마가 물었다.

 무슨 일이 있었는지, 어디서부터 어떻게 설명해야 좋을지 머리가 하얘졌다. 나는 엄마 아빠에게 아무것도 숨기지 않는 아이였다. 나쁜 일도 무서운 일도 바보 같은 일도. 숲에서 들은 목소리부터 말하려고 입을 열었다. 하지만 그 순간, 이 일이 얼마나 말도 안 되게 터무니없이 들릴까 하는 생각이 들었다. 엄마 아빠는 또 내 상상력이 지나치다고 말할 게 뻔했다. 일단 가만히 입을 다물었다. 내 말을 믿는다고 해도 걱정밖에 더 할까. 그럼 생일맞이 캠핑은 물 건너갈지도 모른다.

"찰리?"

아빠 목소리가 벌써 침울했다.

"아무것도 아니에요."

나는 어깨를 한번 들썩였다.

"그… 래…."

엄마가 글자 하나하나 길게 끌며 한쪽 눈썹을 들어 올렸다.

"진짜 괜찮아요."

억지로 입꼬리를 끌어올렸다. 머릿속에서 지난여름이 스쳐갔다. 비키가 강에서 '본 것 같기도 한' 거머리에 대해 엄마에게 말한 후, 우리는 방학 내내 강에서 수영하는 것을 금지 당했다.

"엄마야말로 괜찮아요? 아기는 아직 소식 없어요?"

엄마가 말도 안 되게 거대한 배에 손을 올리고 눈을 양옆으로 굴렸다.

"아직 방 뺄 생각이 없나 봐."

엄마의 말에 아빠가 웃음을 터뜨렸다. 엄마는 웃지 않았다.

갑자기 엄마가 날 아래위로 훑어보더니 고개를 절레절레 흔들었다.

"찰리 메리엄, 거지가 따로 없구나! 꼴이 이게 뭐냐? 숲에서 도대체 무슨 짓을 하고 다니는 거야?"

"죄송해요."

나는 엄마가 궁금해서 물어보는 게 아니란 것을 알고 있었다. 손을 씻으며 냉장고에 붙은 초음파 사진을 힐끔거렸다. 아기는 쪼그만 외계인 같았다. 머리가 거의 몸통만 했다. 짧은 팔과 다리가 달랑거리는 아기는 솔직히 말해서 인간이라기보다 새우랑 더 비슷했다.

"안녕, 머리 큰 꼬맹이."

늘 하듯이 사진을 보고 인사를 건넸다.

"스파게티 붙겠어!"

아빠가 외쳤다.

엄마는 의자에 힘겹게 앉으며 날 보고 한숨을 쉬었다.

"추저분한 데다 느려 터지기까지 해서 어쩌려는지….."

"그게 찰리의 좌우명이에요. 몰라요? 우리 아들은 자연인이잖아."

아빠가 미트볼 스파게티를 가득 담은 접시를 식탁에 내려놓으며 한쪽 눈을 찡긋 감았다. 그러고는 내 머리를 헝클어뜨리며 빙긋 웃었다.

엄마의 입가에 언뜻 미소가 스쳤다.

"너 어렸을 때 우리가 그렇게 부르곤 했어."

"알아요. 기억나요."

나도 피식 웃었다.

"절대 변하지 않는 것도 있는 법이야."

아빠가 포크에 스파게티를 돌돌 말며 말했다.

아빠 어깨 너머로 아기 외계인의 초음파 사진을 물끄러미 보았다. 암흑

속에서 새우처럼 몸을 동그랗게 말고 태어날 날을 기다리는 아기 외계인.

나는 입가에 묻은 소스를 핥아가며 스파게티를 후루룩 먹었다. 오랫동안 동생이 생기길 빌었다. 이제 내 소원이 이뤄지기 직전이었다. 가슴이 간질간질하고 입이 자꾸만 헤벌쭉 벌어졌다.

"내 동생 아니랄까봐 얘도 느려 터졌나봐요."

나는 엄마의 배를 향해 고개를 까딱했다. 이번에는 엄마도 활짝 웃었다.

침대 위에 무릎을 꿇고 앉아 창밖을 바라보았다. 잘 시간이 다 되었는데 하늘에 여전히 엷은 파란 빛이 남아 있었다. 동전처럼 둥근 달은 어슴푸레하게 은빛으로 빛났다. 아래층에서 엄마 아빠 목소리가 텔레비전 소리에 섞여서 들렸다.

침대 옆에는 내 보물을 모아둔 낡은 까만 철제 상자가 놓여 있었다. 뚜껑에 붙은 마스킹 테이프에 필기체를 배우기 전 삐뚤빼뚤하게 쓴 '맨델 박물관'이라는 글자가 적혀 있었다. 끈적한 테이프를 떼서 동그랗게 뭉치고 뚜껑을 열었다. 상자는 원래 아빠의 낚시 도구함이었다. 안은 칸막이 여러 개로 나뉘었고 칸마다 숲에서 발견한 것들로 빼곡했다. 가끔은 나조차 이 별스러운 물건들을 보고 놀랐다. 올빼미가 먹고 뱉은 작은 뼈 뭉치, 물살에 닳아 뭉툭해진 초록색 유리 조각과 접착테이프로 고이 붙인 네잎 클로버, 석기시대 유물 같은 뾰족한 부싯돌, 종이처럼 돌돌 말린 자작나무 껍질도 있었다.

주머니에서 이빨을 꺼내 창턱에 조심스럽게 올려두었다. 이빨이 희미하게 빛났다.

23

늘 침대 옆에 두는 책을 집어 들었다. 제목은 《야생》. 가장 좋아하는 책이었다. 이 책은 유치원 재활용품 바구니에서 찾아냈다. 글자를 못 읽던 시절, 나는 숲을 어슬렁거리는 늙은 호박색 눈동자의 스라소니 사진에 마음을 뺏겼다. 우리 집 고양이 하워드 카터의 크고 사납고 무시무시한 버전이었다. 거대한 집게발을 가진 잠자리 애벌레와 박쥐도 있었다. 어렸을 때 나는 늘 박쥐 페이지가 나올 때까지 아무데나 펼쳐 휙휙 넘겼다. 그러고는 집박쥐 사진에서 고개를 들 줄 몰랐다.

아래층 텔레비전에서 방청객의 웃음소리가 시끌벅적하게 들렸다. 엄마 아빠의 웃음소리도 따라서 커졌다. 나는 맨 뒷장 찾아보기 페이지를 펼쳐 동물들의 이름을 손가락으로 짚으며 읽어 내려갔다. 이빨 주인일 가능성이 조금이라도 있는 동물이 나올 때마다 멈췄다. 옛날 옛적에 살았던 주인을 찾을 수 있기를 바라면서.

오소리.

곰.

들소.

사슴. 당장 245쪽을 펼쳤다. 거대한 고대 사슴뿔을 손에 쥔 낚시꾼이 보였다. 호수에서 막 건져낸 뿔 같았다. 이빨을 사진에 가까이 대 보았다. 열린 창틈으로 부드러운 바람이 불어와 책장이 휙 넘어갔다.

"사슴 이빨인가?"

이빨의 뾰족한 부분을 손으로 꾹 눌렀다.

그때 어디선가, 아마도 집 밖에서 다시 한번 굵고 우렁찬 목소리가 들렸다.

촐리머룸.

아무래도 내 이름을 부르는 것 같았다.

나는 자리에서 일어섰다. 창밖 적막한 정원과 그 너머 어두컴컴한 맨델 숲을 꼼짝도 않고 바라보았다.

"거기 누구 있어요?"

간신히 입을 뗐다.

대답은 없었다.

대답이 있을 리 없었다.

나는 공상 소년이니까.

바람에 나뭇잎이 팔랑거렸다. 바람이었다. 분명 바람이었을 것이다.

"찰리이이이!"

심장이 쿵 떨어졌다. 하지만 이번에는 아래층 아빠의 목소리가 분명했다. 가슴을 쓸어내리며 피식 웃었다.

"찰리 메리엄! 책 그만 읽고 불 꺼라. 늦었어. 내일은 특별한 날이잖아!"

"알았어요, 아빠!"

사슴 이빨을 주머니에 넣고 보물 상자를 제자리에 두고 누웠다. 곧 내일 이 밝을 것이다. 내일은 내 열두 번째 생일이다!

6. 생일

"찰리. 찰리, 일어나봐."

아빠가 속삭였다.

얼굴을 찡그리며 실눈을 떴다. 아직 밖이 어두웠다. 아빠가 내 침대 옆에 쭈그리고 앉아 있었다. 달빛에 어렴풋이 비친 아빠 얼굴이 창백했다. 시계는 3시 3분을 가리켰다. 잠에서 깰 시간이 전혀 아니었다! 나는 다시 눈을 감았다.

"찰리! 찰리 메리엄!"

아빠 목소리가 아까보다 급해졌다.

무언가 잘못된 게 틀림없었다. 자리에서 벌떡 일어나 앉았다.

"엄마 괜찮아요? 혹시 아기가 나오고 있어요?"

"찰리, 아기는 벌써 태어났어! 밤에 서둘러 병원에 다녀왔단다. 네가 너무 곤히 자고 있어서 옆집 마고 아주머니께 집에 와주시라고 부탁했어. 찰리, 너 형이 되었어!"

아빠의 입이 찢어질 것 같았다. 내 입도 귀에 걸렸다. 아기라니! 남동생

26

이라니!

갑자기 정신이 번쩍 들었다. 나는 눈에 힘을 주었다.

"엄마는요?"

"걱정 마. 엄마는 괜찮아. 여자들은 아득히 먼 옛날부터 아기를 낳아왔어. 많이 지쳤을 뿐이야. 그리고 놀랐지. 네가 태어날 때보다 시간이 훨씬 덜 걸렸거든."

아빠가 내 머리를 쓰다듬었다.

다시 입꼬리가 올라갔다. 동시에 눈앞이 흐려졌다.

"왜 울어, 응?"

아빠가 나를 껴안았다. 턱이 까끌까끌하고 커피 냄새가 섞인 입냄새가 풍겼지만 나도 아빠를 꽉 안았다.

"울긴요."

나는 코를 훌쩍였다.

아빠가 내 정수리에 입을 맞췄다.

"잠시만."

아빠는 급히 방을 빠져나갔다. 계단을 우당탕탕 내려가는 소리가 온 집에 울렸다.

아기가 태어났다.

바로 오늘.

침대에 무릎을 꿇고 앉아 창밖 보름달을 바라보았다. 눈물이 고여 보름달이 흐릿하게 보였다. 눈물을 닦고 차가운 밤공기를 깊이 들이마셨다.

오늘은 내 생일이다.

또다시 눈앞이 흐려졌다. 왜 자꾸 눈물이 나는 걸까? 심지어 내 생일인데! 언제나 갖고 싶던 남동생을 선물로 받았는데! 그건 오늘이 내 생일이라는 사실보다 훨씬 중요했다.

"찰리 메리엄. 바보 같긴……."

눈물을 닦으며 혼잣말을 내뱉었다.

밖에서 찌르레기가 울었다. 곧 다른 새가 따라 울었다. 다른 새와 또 다른 새가 덩달아 지저귀기 시작했다. 고요히 잠들었던 숲이 새 소리에 깨어났다. 아기 대신 새를 생각하며 울음을 그치려고 애썼다.

새는 생일이 없었다. 몇 년 지나지 않아 생명이 다하니까.

죽은 새가 머리에 맴돌았다. 마음이 확실히 가라앉았다.

침대 옆 은색 액자 속 사진에 눈길이 갔다. 내가 태어났을 때 찍은 가족사진이었다. 정확히 12년 전 오늘인 셈이다. 나는 사진을 달빛에 비춰 자세히 들여다보았다. 엄마와 아빠는 지금과 크게 다르지 않았다. 조금 더 젊고 날씬할 뿐이었다. 사진 속 아기가 나라는 사실은 도무지 믿기지 않았다. 하지만 정확히 나였다.

이제 다른 아기가 태어났다. 새로운 아기. 뜨거운 눈물이 뺨을 타고 흘렀다.

아빠가 계단을 쿵쾅거리며 올라오는 소리가 들렸다.

"생일 축하합니다. 생일 축하합니다."

아빠는 노래를 부르며 방문을 열었다. 어룽거리는 불빛 뒤에서 아빠가 싱글벙글 웃고 있었다.

한 손에 엄마가 벽난로 위에 올려둔 향초가 들려 있었다. 재스민 향이 깃든 밀랍 냄새가 방에 확 퍼졌다. 다른 손 위에는 노란 크림 케이크가 아슬아슬하게 놓여 있었다. 나는 킥킥거리며 이불 끄트머리로 눈을 닦았다.

"사랑하는 차알리이이이."

아빠가 내 이름을 길게 늘이며 입이 찢어질 것처럼 웃었다.

"생일 축하합니다아아아!"

그러고는 크게 웃음을 터뜨렸다.

나는 입술을 동그랗게 만들며 소원을 빌려고 눈을 감았다. 기억할 수 있는 때부터 오랫동안 동생이 생기길 꿈꿨다. 생일 소원은 늘 그 한 가지였다. 하지만 더는 같은 소원을 빌 수 없었다. 이제는 이뤄진 소원을 공개할 차례였다.

"동생이요. 언제나 동생이 태어나길 바랐어요."

아빠를 보고 씩 웃었다. 동생이라는 말을 입 밖으로 내는 게 신기하고 낯설었다.

"그래."

아빠도 웃었다. 아빠 역시 실감이 나지 않는지 어리벙벙한 표정이었다.

나는 다시 눈을 감고 촛불을 껐다.

아빠는 고개를 끄덕이고는 노란 크림 케이크를 건넸다.

"고마워요. 레몬 맛이 제일 맛있거든요."

나는 케이크 윗부분 크림을 날름 핥았다.

"알지. 내 것도 레몬 맛이야."

아빠가 재킷 주머니에서 살짝 찌그러진 작은 크림 파이를 꺼냈다.

"짠!"

우리는 노란 크림을 서로 부딪치며 건배하는 시늉을 했다. 아빠가 내 침대에 걸터앉았다.

케이크를 우적우적 먹는데 쉴 새 없이 지저귀는 새소리가 들려왔다. 막 동이 트기 시작했다.

"네 동생은 오늘 태어난 게 아냐. 정확히 어젯밤 11시 32분에 태어났지."

아빠가 창밖을 내다보았다. 그러고는 내 어깨에 팔을 둘렀다.

"그러니 오늘은 여전히 너만의 생일이야."

"고마워요."

나는 아빠를 올려다보았다. 아빠가 내 어깨를 잡은 손에 힘을 주었다. 아빠의 얼굴은 푸석했지만 들떠 보였다. 내 가슴속에서도 작은 행복 풍선이 부풀어 올랐다.

"이름은 뭐예요?"

"다라."

"다라…."

남동생의 이름을 소리 내어 말해보았다. 보드랍고 가냘픈 느낌이었다. 다시 좀 더 힘차게 외쳤다.

"다라!"

이번에는 마치 전사의 이름 같았다.

"마음에 들어요. 다라!"

아빠의 품으로 파고들었다. 아무래도 이제 이런 행동은 그만두어야 할 것 같지만. 아빠가 조용히 콧노래를 흥얼거렸다. 무슨 노래인지 바로 알아차릴 수 있었다. 나는 웃으며 한숨을 내쉬었다. 어렸을 때 잠자리에서 아빠가 불러주던 노래였다. 태어나서 처음으로 익힌 노래라고나 할까. 아빠가 곧 어떤 행동을 할지 알았지만 왜인지 아빠를 말리고 싶지 않았다. 아니나 다를까. 아빠는 몸을 부드럽게 흔들기 시작했다. 그러고는 목소리를 더욱 낮췄다.

"노를 저어라, 노를 저어라.

어둠 속으로, 어둠 속으로.

호랑이를 만난다고 해도

놀라지 마라….

어흥!"

아빠가 내 귀에 대고 크게 소리쳤다.

나는 피식 웃었다. 아빠는 매번 동물을 바꾸었다. 어떤 동물을 '만날지' 알 수 없었다. 웃으며 고개를 절레절레 흔들었다.

"아빠는 진짜 못 말려요."

아빠가 나에게 눈을 흘기는 척했다.

"이 노래는 재미로 부르는 게 아냐, 찰리. 얼마나 중요한 인생의 교훈이 담겨 있는데. 음… 언젠가는 아빠에게 고마울 거다. 호랑이가 많은 동네에 살게 되면 이 노래가…."

"아이, 아빠!"

또다시 아빠 품으로 파고들었다. 그 순간 꼭 어릴 때로 돌아간 것 같았다. 사랑받고 모든 것이 평온하던 시절로.

우리는 나란히 앉아 잠에서 깨어난 숲에서 들려오는 새들의 합창에 귀를 기울였다. 아빠가 길고 긴 하품을 했다. 나는 창밖을 가만히 바라보았다. 아직 남은 푸르스름한 어둠 속에서 작은 나방 한 마리가 날개를 파닥이며 날아올랐다. 나방은 달을 향해 날아갔다.

7. 아기

"아빠! 아빠, 일어나요!"

한여름 햇살이 창문으로 쏟아져 들어왔다. 우린 둘 다 까무룩 잠이 들었다. 아빠의 휴대전화가 잔뜩 화가 난 말벌처럼 어디선가 붕붕거렸다.

아빠의 무거운 팔 아래서 꿈틀거리며 빠져나와 아빠를 흔들었다.

"아빠! 일어나요! 전화기 어디 있어요? 엄마일 거예요."

"엄마? 엄마가 어디 있어?"

아빠는 마치 몸의 전원 스위치를 켠 것처럼 벌떡 일어났다.

"어디 있긴요. 다라랑 병원에 있겠죠."

아빠를 향해 눈을 흘겼다.

진동 소리가 멈췄다.

"그렇지. 다라 메리엄을 깜빡했네."

아빠가 다시 드러누웠다. 졸음이 가득한 눈으로 껄껄 웃었다.

휴대전화가 다시 윙윙거렸다.

"도대체 전화기를 어디 둔 거예요?"

"슬리퍼."

아빠는 정상적인 어른이라면 누구나 휴대전화를 슬리퍼 속에 둔다는 듯이 태연하게 대답했다. 나는 눈썹 사이를 찌푸리며 침대 아래를 더듬었다. 그러고는 슬리퍼째 아빠에게 건넸다.

"고마워. 여보세요?"

아빠는 슬리퍼가 전화기인양 귀에 갖다 댔다.

유치하기 짝이 없었지만 웃지 않을 도리가 없었다. 아빠가 휴대전화를 꺼내 전화를 받았다.

"여보세요. 아, 여보. 미안해요, 전화기를 못 찾아서."

나는 고개를 저었다. 아마 병원에서 엄마도 나처럼 고개를 젓고 있을 것이다.

"알죠. 미안해. 몸은 좀 어때요? 다라는? … 그래요, 다행이네. 찰리? 그럼요. 너무 잘 있어서 탈이지."

아빠가 날 보며 윙크했다.

"에이, 안 잊었어요. 당연하지. 무려 새벽 세 시에 생일 파티를 했어요! 그럼. 당연히 초도 준비했지."

나는 웃으며 입모양으로 말했다.

"초 딱 하나."

"그래요, 지금 옆에 있어요. 그럼. 당연히 할 수 있지. 바꿔줄게요."

나는 전화를 받았다.

"엄마?"

엄마가 조용히 생일 축하 노래를 불렀다. 일급기밀이라도 되는 듯이 완전히 숨죽인 목소리였다. 아마 아기를 깨우고 싶지 않았을 것이다.

"고마워요. 엄마는 잘 지내요?"

"잘 있어. 걱정 마, 찰리. 잠깐만, 네 동생이 하고 싶은 말이 있나봐."

조용히 슬리퍼 끄는 소리가 들렸다. 그 다음에는 아무 소리도 들리지 않았다. 아니 세상에서 가장 여리게 속삭이는 숨소리를 들은 것 같기도 했다.

"들었어? 생일 축하한대."

"고마워요, 엄마. 저도 생일 축하한다고 전해주세요."

나는 솜털이 쭈뼛 서는 기분으로 빙그레 웃었다.

엄마가 평소와 다르게 속삭이듯 말했다.

"사랑해, 찰리. 어서 만나고 싶구나."

"저도 사랑해요. 곧 만나요."

아빠에게 전화기를 넘겼다.

"그래요. 당신은 언제쯤 풀려날 수 있대요? 그래? 그게 언젠데요?"

아빠가 자리에서 일어나 방 밖으로 나갔다.

나는 창틀에 팔꿈치를 올리고 바깥을 바라보았다. 날씨가 기가 막히게 좋았다. 햇살이 포근하고 왠지 좋은 일이 일어날 것처럼 환했다. 우리 집은 맨델 숲 끄트머리에 있었다. 정원 구석에 있는 문을 열면 마을에서 가장 오래된 나무가 반겼다. 창틈으로 인동덩굴의 달콤한 냄새와 딱총나무 꽃의 시큼한 냄새가 코를 찔렀다. 자작나무 이파리는 햇살에 은색으로 반짝거렸다. 나는 창가에 걸터앉았다. 언덕 너머로 병원의 철제 지붕이 보였다. 엄마가 그곳에 있었다. 나도 모르게 입꼬리가 올라갔다. 엄마 옆에는 다라도 있었다. 어느 이웃집 정원에서 잔디깎이 엔진이 붕붕거렸다. 꼬마들의 웃음소리가 들렸다. 아이들은 새끼고양이처럼 소리를 꺅꺅 질렀다. 나는 창밖으로 머리를 내밀어 라몬트네 정원에 라몬트가 나와 있는지 살폈다. 네로만 아침 햇살을 받으며 꾸벅 졸고 있었다.

"라몬트! 라몬트! 나와봐!"

라몬트 방 창문이 드르륵 열리는 소리가 들렸다. 창밖으로 라몬트의 더벅머리가 튀어나왔다.

"어이, 찰리! 생일 축하해!"

라몬트가 하품을 쩍 했다.

나는 움찔했다. 오늘이 내 생일이라는 것을 잊고 있었다. 어떻게 내 생일을 잊을 수 있는지 믿기지 않았다.

"고마워. 있잖아."

"휴대전화 받았어?"

"아니. 뭐 아직은. 나, 남동생 생겼어!"

라몬트의 눈이 휘둥그레졌다. 갑자기 정신이 번쩍 드는 표정이었다. 라몬트가 함박웃음을 지었다.

"와아아우우우! 좋겠다, 찰리! 남동생이라니! 샘나는걸!"

라몬트에게는 마리라는 누나가 있었다. 열네 살인 마리 누나는 말과 남자들에게만 관심 있었다.

"남동생이라니!"

라몬트가 같은 말을 되풀이했다.

"이름은 뭐야?"

36

"다라."

입 밖으로 내어본 다라가 여전히 낯설었다.

"멋지다."

"멋지지."

우리는 창문 밖으로 마주 보며 웃었다.

그때 라몬트 엄마가 라몬트를 불렀다.

"가봐야겠다."

라몬트는 창문 안으로 사라졌다. 잠시 후 뻐꾸기시계 속 뻐꾸기처럼 다시 머리를 불쑥 내밀었다.

"정말 멋져."

라몬트가 두 엄지손가락을 치켜들었다. 그러고는 진짜 사라졌다.

가슴이 뻐근할 정도로 따스한 기운이 몸속으로 퍼졌다. 라몬트 말이 맞았다. 남동생이 생긴다는 것은 정말 멋진 일이었다.

"이제 나는 형이야."

다짐하듯 혼잣말을 내뱉었다. 정원 후미진 곳에 몇 년 간 처박혀 있던 고물이 된 놀이집이 보였다. 다라가 크면 놀이집에 들어가 놀 수 있도록 깨끗이 닦고 파란색과 흰색으로 근사하게 칠해야겠다고 마음먹었다. 낡은 모래 상자에 새 모래도 가득 채울 것이다. 여름에는 강으로 데려가 물놀이를 시켜줄 테다. 물론 걸을 수 있을 때여야겠지만. 아장아장 걷는 다라의 손을 잡고 시내 나들이도 할 것이다. 상상 속에서 로드리게스 선생님이 슈퍼마켓에서 나오다가 우리를 본다.

"찰리, 그 아기는 누구니?"

"남동생 다라예요."

나는 자랑스럽게 외친다. 그리고 다시 현실로 돌아왔다.

고양이 울음소리가 들렸다. 우리 집 고양이 하워드 카터였다. 부엌에서 꼼짝 않고 밥을 기다리고 있었다. 가엾은 하워드 카터! 평소에는 엄마가 카터의 밥을 챙겼다. 엄마가 바쁠 때는 아빠가 맡았다. 다라가 집으로 돌아오면 아무래도 카터는 내가 돌봐야 할 것 같다. 나는 카터에게 밥을 주려고 아래층으로 내려갔다.

안방을 지날 때 닫힌 문 안에서 아빠 목소리가 들렸다.

"그래요?"

목소리가 심각했다.

나는 그 자리에 서서 귀를 쫑긋 세웠다.

"도저히 안 되겠어요? 의사한테도 말했어요?"

심장이 쿵쾅거렸다.

"알았어요. 알았어, 여보. 진정해요. 괜찮을 거야. 걱정 말아요."

엄마한테 무슨 일이 생긴 걸까? 아니면 다라에게?

"아니, 아니. 당연히 찰리한테는 입도 뻥긋 안 할 거예요. 알았어요, 알았어. 그럴게요. 다라 잘 보고요. 그래요, 여보."

아빠가 방문을 벌컥 열었다. 나는 깜짝 놀라 뒤로 자빠질 뻔했다.

"이런."

아빠가 눈을 크게 떴다.

"찰리에게 입도 뻥긋하지 않겠다는 말이 정확히 뭐죠?"

"이런."

아빠가 다시 한번 말했다.

"무슨 일이에요? 엄마가 아파요? 다라에게 무슨 일 있어요?"

"엄마는 괜찮아. 많이 지치고 기분이 저기압일 뿐이야. 고된 시간을 보내고 있잖아. 엄마는 다라를 데리고 집에 오고 싶어 해. 집에서 가족과 함께 있고 싶어 해."

"그럼 오면 되잖아요."

"물론 오면 되지. 의사가 엄마와 아기 둘 다 진찰을 한 후 괜찮다는 사인만 하면."

"그럼 엄마는 뭘 그렇게 걱정하는 거예요?"

아빠가 망설였다.

"걱정은 무슨."

아빠는 정말이지 거짓말에 서툴렀다. 아빠가 내 눈을 볼 때까지 아빠에게서 눈을 떼지 않았다.

"찰리."

아빠가 한숨을 쉬었다.

"널 걱정시키고 싶지 않아…."

"아빠!"

나도 아빠를 보고 한숨을 쉬었다.

"이미 걱정하고 있어요! 뭔지나 알고 걱정하는 게 낫지 않겠어요? 안 그럼 뭘 걱정해야 하는지도 모른 채 계속 끙끙 앓고 있을 거라고요. 일어나지도 않은 오만 가지 일들을 걱정하면서요."

아빠는 잠자코 생각하더니 끝내 고개를 끄덕였다.

"전 이제 열두 살이에요. 어느 정도의 사건은 감당할 수 있어요."

아빠가 싱겁게 웃었다. 눈가에 주름이 잡혔다.

"엄마는 다라 걱정을 조금 하고 있을 뿐이야. 병원에서 몇 가지 검사를 했는데 심장에서 약간의 잡음이 들린대. 괜찮은 건지 확인하려고 정밀 검사를 하기로 했어. 그게 다야. 아마 별 문제 없을 거야. 걱정할 만한 일 없을 거야."

아빠가 나를 보며 미소 지었다. 이번엔 눈가에 주름이 잡히지 않았다.

나는 고개를 끄덕이며 아빠를 향해 희미하게 웃었다.

"알았어요."

등 뒤로 집게손가락과 가운뎃손가락을 아플 정도로 세게 꼬았다. 머릿속은 온통 내 동생과 안쓰럽도록 작은 심장 생각뿐이었다.

8. 다라

유리문으로 엄마가 보였다. 엄마는 아직 날 보지 못 했다. 철제 침대에 앉아 다리에 이불을 덮은 채 커다란 창밖을 바라보고 있었다. 엄마는 보통 머리를 묶지만, 오늘은 곱슬머리를 부스스하게 풀고 있었다.

아빠와 나는 병실 문을 열었다. 엄마가 고개를 돌려 우릴 보고는 웃으며 손을 뻗었다.

"찰리! 생일 축하해!"

"엄마."

엄마가 내 손을 힘주어 잡았다.

"네 얼굴을 보니 살 것 같구나."

엄마 손이 뜨거웠다. 나는 엄마 손을 더 꼭 쥐었다. 그러고는 손을 풀어 주머니에 찔러 넣었다.

"저도 엄마 만나니 좋아요."

엄마와 눈을 마주칠 수는 없었다. 엄마의 눈 속에서 슬픔을 보게 될까봐 겁이 났다.

병실을 둘러보았다. 엄마가 앉은 침대와 아빠가 앉은 붉은 의자. 텔레비전과 조그마한 흰 수납장. 벽에 대롱대롱 매달린 각종 의료 장치들.

"아기는요?"

나는 침착하게 물었다. 하지만 온몸에 털이 곤두섰다.

"다라는…."

엄마가 입을 열었다. 그때 문이 열렸다. 간호사가 부산스럽게 카트를 덜컹거리며 뒷걸음질 쳐서 들어왔다. 카트 위에는 투명한 아기 바구니가 놓여 있었다. 약간 수족관처럼 생긴 아기 침대였다.

"꼬맹이 왔어요!"

간호사가 명랑하게 외쳤다.

나는 카트를 엄마 침대 옆에 댈 수 있도록 옆으로 비켰다.

"귀여운 남동생이 생겼구나!"

간호사가 날 보고 웃었다.

그러고는 한 손에 든 차트에 무언가를 끼적이고는 방에서 나갔다.

"찰리, 이리와."

아빠가 말했다. 하지만 눈은 아기를 향하고 있었다. 눈이 녹아서 사라질 지경이었다. 엄마도 꿈을 꾸는 듯한 표정으로 아기에게서 눈을 떼지 못했다.

이상한 기분이 몽글몽글 피어올랐다. 애써 웃음을 지어보이며 아기 침대로 가까이 다가가 아기를 유심히 보았다.

다라.

내 동생.

이상하게 들릴 수도 있지만 보자마자 내 동생이라는 것을 알 수 있었다. 하지만 기대와 전혀 달랐다. 기저귀 광고에서 본 것처럼 몸을 꼼지락거리며 방긋 웃는 아기를 상상했는데 다라는 그렇지 않았다. 나는 마른침을 삼켰다.

다라를 가만히 내려다보았다.

몸이 너무 작았다. 안으면 부서질 것처럼 작았다. 얼굴이 찌그러지고 피부는 마치 큰 옷을 입은 것처럼 쭈글쭈글했다. 조그마한 주먹을 꼭 쥔 채 만세를 하는 포즈로 꿈틀거리지도 않고 잠을 잤다. 쌕쌕거리며 가슴만 오르내릴 뿐이었다. 걱정될 정도로 숨이 가빠 보였다.

엄마와 아빠가 나를 보았다.

"귀여워요."

나는 엄마 아빠를 보며 웃었다. 하지만 내 웃음이 진심이 아니라는 것을 들키기 전에 재빨리 딴 데를 보았다. 이런 생각을 하는 내가 싫었지만, 솔직히 남동생은 전혀 귀엽지 않았다.

더 솔직히 말하자면 조금 무섭기까지 했다. 내가 아는 아기의 모습과는 달랐다. 피부는 으레 보던 발그레한 핑크빛이 아니라 회색에 가까웠다. 입술은 휘파람을 부는 것처럼 작게 오므렸지만 파랗게 질려 있었다. 결정적으로 날 겁먹게 만든 것은 다라의 머리를 빙 둘러 코 속으로 연결된 아주 가느다란 줄이었다. 사과주스에 꽂아 먹는 빨대처럼 생긴 가느다란 줄.

다라.

나는 웃으려고 애썼지만 웃기는커녕 오히려 울음을 참아야 했다. 다라가 갑자기 얼굴을 잔뜩 찡그렸다. 내가 흠칫 놀라자 아빠는 웃음을 터뜨렸다.

"찰리, 걱정 마. 다라는 물지 않아."

아빠가 내 어깨를 쓰다듬었다. 왜 그랬는지 모르겠지만 아빠의 손을 거칠게 떼어냈다.

"찰리, 자리에 앉는 게 어때? 동생 한번 안아봐."

엄마가 말했다.

다라는 엄마의 말이 마음에 안 들었는지 울기 시작했다. 이가 하나도 없는 자그마한 입을 멍하게 바라보았다. 그 모습을 보자니 알에서 막 깨어난 아기 새가 떠올랐다. 깃털이나 솜털이 나지도 않은 눈도 안 뜬 아기 새. 소름이 돋으면서 몸이 부르르 떨렸다. 엄마 아빠에게 들켰을까 봐 재빨리 눈치를 보았지만 두 사람의 시선은 여전히 다라에게만 꽂혀 있었다. 엄마 아빠는 아기를 달래느라 여념이 없었다. 울음소리가 방 안에 요동쳤다. 다라는 새처럼 빽빽거리며 시끄럽게 울었다. 귀를 막고 싶었지만 형답지 않은 유치한 행동이었다. 이를 꽉 물고 창밖을 바라보았다. 병실은 병원에서도 높은 층이었다. 창밖이 온통 파랬다.

"찰리, 좀 앉아."

아빠의 목소리에 약간 신경질이 묻어났다. 아빠는 아기를 안고 있었다. 굵은 팔에 안긴 아기는 더욱 작아 보였다. 작고 약해서 부서질 것 같았다. 다라가 마침내 울음을 그치고 눈을 떴다. 짙은 눈동자가 위를 빤히 보았다.

"아기도 볼 수 있어요?"

나는 붉은 의자에 앉으며 물었다. 아무도 대답하지 않았다. 엄마와 아빠는 다라의 코 줄과 손등에 꽂힌 줄을 들여다보고 있었다. 붉은 의자는 움직일 때마다 까슬한 부분이 맨 다리에 닿았다. 불편해서 반바지를 끌어당겼다.

다라가 다시 울기 시작했다. 울음소리에 귀가 따가워서 슬슬 나도 얼굴이 벌겋게 달아올랐다.

"다라, 찰리 형과 꼭 안고 있으면 기분이 좋아질 거야."

아빠가 다라에게 말했다.

나는 덜컥 겁이 났다.

"아빠, 잠깐만요."

하지만 아까부터 아빠 귀에는 내 말이 들리지 않았다. 엄마 말에만 귀를 기울이고 있었다. 엄마는 사진을 찍으려고 아빠의 휴대전화를 찾았지만 언제나 그렇듯 전화기는 보이지 않았다. 엄마의 얼굴도 점점 달아올랐다. 다라의 울음소리는 최고의 데시벨을 향해 커져갔다. 그런데 침을 꿀꺽 삼키더니 갑자기 울음을 뚝 그쳤다. 아빠의 얼굴에 시커먼 먹구름이 끼었다. 병실에 정적이 감돌았다. 아빠와 엄마는 그 자리에 얼어붙었다.

두 사람이 무슨 생각을 하는지 알 것 같았다. 나도 같은 생각을 하고 있었다. 아기가 숨을 쉬고 있나?

다라가 다시 울음을 터뜨렸다. 엄마 아빠는 마주보며 안도의 한숨을 내쉬었다. 그러고는 웃었다. 두 사람 중 누구도 날 돌아보지 않았다.

나는 따가운 붉은 의자에 앉은 투명인간이었다. 조금 서글펐다. 그리고 화가 났다. 갑자기 모두에게 소리를 지르고 싶었다.

'나도 여기 있다고요! 나도 무서웠다고요!'

실제로 입을 열지는 않았다. 그저 노려보기만 했다. 마음속에서 여러 가지 감정이 뒤섞여 소용돌이쳤다. 이마저도 엄마 아빠는 알아채지 못 했다. 엄마는 분주히 사진 찍을 준비를 했다. 그때 아빠가 우는 다라를 안아 보라며 나에게 다가왔다. 마침내 내 팔에 다라를 내려놓았을 때 마음속에서 무엇인가가 툭 끊어졌다.

"싫어요!"

내 목소리는 생각보다 훨씬 컸다. 나는 자리에서 일어섰다. 아빠의 팔에서 다라가 움찔했다.

"찰리! 너 뭐 하는 거야?"

엄마가 얼굴이 굳어진 채 전화기를 떨어뜨렸다. 차가운 병실 바닥에 휴대전화가 떨어지며 플래시가 번쩍 터졌다. 나는 문 쪽으로 뒷걸음질 쳤다.

그 순간 기가 막히게 다시 문이 열렸다. 이번에는 명랑한 간호사가 아니었다. 의사였다. 의사는 바로 앞에 선 날 보고 조금도 웃지 않았다.

9. 결과

"죄송해요."

나는 웅얼거리며 의사에게 길을 비켜주었다.

의사가 날 향해 고개를 까딱하고 차분히 병실로 들어갔다. 바닥에 떨어진 휴대전화를 주워 엄마에게 건네고는 침대 발치에 섰다.

"메리엄 부인, 메리엄 씨 안녕하세요."

의사는 메리엄의 '리'를 고양이가 '아르르' 거리듯 독특하게 발음했다. 손에는 파일이 들려 있었다. 아마 다라의 검사 결과지일 것이다.

의사가 펜을 파일에 대고 톡톡 두드렸다. 그러고는 도마뱀처럼 게슴츠레한 눈으로 엄마와 아빠와 다라와 나와 그리고 또다시 아빠를 한 바퀴 둘러보았다.

"이야기 나누는 동안 형은 음⋯ 나가서 좀 놀고 오는 게 낫겠군요. 복도 끝에 놀이방이 있습니다."

의사가 펜을 딸깍거리며 파일을 열었다. 날 보며 사무적인 미소를 짓더니 다시 게슴츠레한 도마뱀 눈으로 엄마와 아빠를 흘깃 보았다.

괜히 얼굴이 화끈거렸다.

"네, 그러죠."

아빠가 말했다.

아빠는 다라를 조심스럽게 엄마에게 건넸다. 엄마 손이 마법의 손이라도 되는 것처럼 다라가 울음을 뚝 그쳤다. 하지만 잠들지는 않았다. 여전히 눈을 말똥말똥 뜨고 나를 뚫어지게 보았다. 나도 다라를 빤히 보았다. 안쓰럽고 걱정되면서도 화가 나고 섭섭한 마음이 뒤죽박죽 섞였다.

도마뱀 의사가 또다시 펜을 딸깍거렸다.

"찰리? 선생님 말씀 들었지?"

아빠가 날 보았다.

"다녀올게요."

나는 퉁명스럽게 대답했다.

엄마가 내 쪽으로 고개를 돌렸지만 내 몸은 이미 문을 향하고 있어서 엄마의 표정을 볼 수 없었다.

"찰리."

아빠가 문을 잡아주며 짐짓 아무렇지도 않은 척 날 불렀다.

"여기, 이거 갖고 가라. 앞주머니에 잔돈 있으니까 자판기에서 음료수라도 뽑아 마시렴. 이야기 끝나면 아빠가 바로 갈게."

아빠가 초록색 가방을 내밀었다.

촌스러운 아빠 가방을 들고 병실을 빠져나왔다. 문이 뒤에서 저절로 천천히 닫혔다.

잠시 서서 십자무늬 유리창으로 병실 안을 훔쳐보았다. 엄마는 침대에

48

앉아 조금도 움직이지 않았다. 마치 머리가 산발인 조각상 같았다. 아빠는 의사가 입을 열 때마다 고개를 끄덕였다. 찌그러진 이마 위에서 눈썹 두 개가 서로 붙을 것 같았다.

오랫동안 나는 상상해왔다. 아기 동생이 있으면 어떨까. 가족이 한 명 더 늘어나니까 우리는 더욱 강하고 커져서 막연히 좋을 거라고 생각했다. 비키네처럼 와글와글 시끌벅적 정신이 없을 줄 알았다. 현실은 상상과 달랐다.

의사가 엄마 아빠에게 말하는 모습을 물끄러미 보았다. 다라는 엄마 품에서 잠들었고 엄마 아빠는 다라의 작은 손을 하나씩 꼭 잡고 있었다.

그때 나는 깨달았다. 이제 아빠는 나만의 아빠가 아니라는 사실을. 엄마도 나만의 엄마가 아니라는 것을. 엄마 아빠는 다라의 엄마 아빠이기도 했다.

다라는?

나는 차가운 벽에 등을 기댔다.

다라는 내 동생이다. 그렇다고 나의 것은 아니었다. 내가 다라의 것도 아니었다.

어디선가 왁자지껄한 소리가 들렸다. 간호사가 수족관처럼 생긴 아기 바구니를 실은 카트를 끌고 가며 싱긋 웃었다. 바구니에는 아기가 누워 있었다. 간호사 뒤로 아기의 엄마 아빠와 머리를 양 갈래로 땋은 여자아이가 손을 잡고 따라갔다. 여자애는 **누나예요**라고 적힌 커다란 배지를 옷에 달았다. 아빠는 **내 아들입니다**라고 적힌 파란 풍선을 들었다. 가족은 날 보며 활짝 웃었다. 나는 웃지 않았다.

불쑥 화가 났다. 커다란 풍선을 핀으로 터뜨리고 싶었다. 이건 공평하지 않았다. 조금도 공평하지 않았다.

가족은 복도 끝에서 모퉁이를 돌았다. 행복에 겨운 웃음소리도 점차 희미해졌다. 그 아기를 생각했다. 그리고 다라를 생각했다. 다라의 검사 결과지가 든 의사의 파일을 생각했다.

병실에서 갑자기 엄마가 울부짖는 소리가 들렸다. 동물의 울음처럼 날카롭고 끔찍한 비명이었다. 엄마의 몸이 수천 조각으로 산산이 부서지고 있는 것 같았다. 내가 들어본 어떤 소리보다 공포스러웠다. 무언가가 돌이킬 수 없을 정도로 갈래갈래 찢기는 소리였다.

심장이 쿵 떨어졌다. 나는 뒤돌아서 뛰었다. 운동화가 복도에 끌리며 끽소리가 났다. 모퉁이를 빠르게 돌다 그만 미끄러졌다. 얼핏 텅 빈 놀이방이 보였다. 벽에는 무지개가 그려졌고 바닥에는 장난감이 흩어져 있었다. 반대편에서 엘리베이터가 팽 하며 섰다. 육중한 문이 미끄러지듯 열렸고 안에는 아무도 없었다. 나도 모르게 뛰어 들어가 일 층 버튼을 마구 눌렀다. 은색 문이 다시 쾅 소리를 내며 닫혔다. 엘리베이터가 내려가자 가슴이 요동쳤다. 거울 같은 벽면에 내가 보였다. 내 뒤에 내가 서 있고 그 뒤에 또 내가 서 있었다. 찰리 메리엄이 끝도 없이 보였다. 현기증이 나서 눈을 감았다. 엄마는 왜 비명을 질렀을까. 다라가 혹시 엄마 품 안에서 숨을 멈춘 걸까? 나는 숨이 막혀서 눈을 더 꽉 감았다. 엘리베이터가 팽 소리를 내며 멈췄다. 문이 채 다 열리기도 전에 튕기듯 밖으로 뛰쳐나갔다. 음료수 자판기를 지나 복잡한 로비를 통과해 출구 표시를 따라갔다. 병원 현관을 빠져나가 쏟아지는 햇살 속으로 발을 내딛었다.

후끈한 열기가 마치 커다란 손이 달린 것처럼 등짝을 후려쳤다. 나는 잠시 멈춰 서서 심호흡을 했다. 코 속으로 들어오는 공기마저 뜨거웠다. 옆에서 경비 아저씨가 날 흘끔거렸다.

"날이 아주 좋네!"

아저씨는 손수건으로 번들거리는 얼굴을 연신 닦았다.

고개를 높이 들었다. 병원도 전선도 보이지 않고 하늘만 눈에 가득 들어왔다. 눈이 시리도록 푸르고 구름 한 점 없는 하늘. 머리가 핑 돌았다. 갈매기가 바다 쪽으로 소리 없이 하늘을 갈랐다. 저 멀리 수평선 위로 띠 모양의 구름이 보였다. 태양이 이글거렸지만 폭풍이 다가오는 것처럼 공기가 무겁고 축축했다.

눈이 부셔서 손차양을 하며 맨델 언덕을 바라보았다. 꼭대기에 있는 외양간 뒤로 숲의 색이 나날이 짙어지고 있었다. 한여름 햇살 아래 진한 초록빛 잔물결이 일렁였다.

열기와 바람 소리에 걱정이 꿈틀거렸다. 어깨 너머로 뒤를 돌아보았다. 병원으로 돌아가야 했다.

그때 파란불을 번쩍이며 구급차 한 대가 주차장으로 들어왔다. 귀가 찢어질 듯이 사이렌이 날카롭게 울렸다. 끔찍한 것들이 떠올랐다. 부러져서 덜렁거리는 팔, 뿔뿔이 흩어진 가족, 멈춰버린 작은 심장. 나는 눈을 질끈 감았다. 보고 싶지 않았다. 아무것도 보고 싶지 않았다.

나도 모르게 발걸음이 맨델 숲을 향했다. 숲을 향해 달렸다.

10. 가브리엘 떡갈나무

언덕 꼭대기에 있는 울타리 문에 다다랐다. 숨이 턱 끝까지 차올라 가슴이 터질 것 같았다. 하지만 멈출 수 없었다. 멈출 생각도 없었다. 겨우 몸을 가누면서도 계속 달렸다. 피크닉 테이블 사이 커다란 떡갈나무에 세게 부딪쳤다. 맨델 숲의 시작 지점이라고 표시된 나무였다.

"가브리엘 떡갈나무."

쓸쓸하게 혼잣말을 내뱉었다. 엄마 아빠가 나무에 붙인 우스운 이름이었다. 보아하니 엄마가 좋아하는 책의 주인공 이름을 딴 것 같았다. 숨을 헐떡이며 나무의 거친 껍질을 주먹으로 내리쳤다. 고개를 들어 천장처럼 우거진 초록 잎사귀들을 바라보았다.

태양의 열기가 여전히 후끈했다. 심장이 빠르게 뛰고 마음이 요동쳤다. 머릿속에서는 엄마가 토해내던 끔찍한 울음소리가 끊임없이 재생되었다. 눈이 따끔거리기 시작했다. 아니, 우는 것은 아니었다.

뿌연 눈을 깜빡거리며 가브리엘 떡갈나무를 기어올랐다. 다람쥐처럼 날쌔게, 위로 위로 더 위로. 가지가 내 무게를 지탱할 수 없을 만큼 구부러지기 전에 가쁜 숨을 내쉬며 계속 올랐다. 문득 아래를 보았을 때 마을이 조그맣게 보였다. 나는 두꺼운 가지에 걸터앉아 나무의 굵은 몸통에 머리를 기댔다. 펄떡거리던 심장이 진정되자 몸이 무지근히 아파왔다.

이파리 사이로 병원 건물이 얼핏 보였다. 어떤 창문 너머에 엄마가 있을까. 창문이 너무 많아 알 수 없었다. 창문들은 마치 가까이에서 찍은 파리의 눈알 같았다. 수백 개의 작은 눈은 다 똑같아 보이지만 사실 조금씩 달랐다. 모든 눈이 나를 보고 있는 것 같았다. 나를 지켜보는 눈에 죄책감이 들었다. 아무래도 나는….

아니. 나는 고개를 돌렸다. 나무 몸통에 등을 기댄 채 무릎을 가슴 쪽으로 끌어당겨 안았다. 뭔가가 허벅지를 찔렀다. 반바지 주머니에 손을 넣었다. 어제 발견한 사슴 이빨이었다. 어제가 오래전처럼 느껴졌다.

이빨을 자세히 들여다보았다. 어제는 미처 보지 못 했던 조그마한 구멍이 눈에 들어왔다. 구멍에 진흙이 들어차 있었다. 가느다란 나뭇가지를 하나 꺾어 진흙을 긁어낸 후 눈을 대자 초록 잎사귀와 파란 하늘이 보였다. 손바닥 위에서 이빨을 이리 저리 굴렸다. 아주 가는 무늬가 새겨진 것이 보였다. 비스듬히 그은 줄무늬였다. 실눈을 뜨고 빗금의 개수를 세었다. 모두 열두 줄이었다. 내 나이와 똑같은 열둘! 나는 입술을 깨물었다. 오늘은 내 생일이었다. 하지만 모든 것이 엉망이 되었다. 이빨의 뾰족한 끝으로 엄지손가락의 불룩한 부분을 꾹 눌렀다.

목소리가 들렸다.

누군가 오고 있었다.

이빨을 주머니에 아무렇게나 쑤셔 넣고 숨죽인 채 가만히 있었다.

숲을 헤치며 저벅저벅 달려오는 발자국 소리와 목소리가 점점 커졌다. 익숙한 목소리였다.

"네로, 이쪽이야! 여기야!"

라몬트였다.

"네에에에로오오오오!"

비키가 소리쳤다.

반가워서 하마터면 크게 인사를 할 뻔 했다. 햇빛이 반사된 눈부신 병원 창문을 보고서야 이 상황을 설명해야 한다는 걸 깨달았다. 다라에 관해 어디서부터 어떻게 설명을 해야 할지 머리가 하얘졌다. 나는 입을 꾹 다물었다. 무릎을 더 꽁꽁 감싸고 숨소리도 내지 않았다.

"인간에게는 작은 한 걸음이지만 인류에게는 위대한 도약이다."

비키가 달 위를 걷듯 우스꽝스럽게 한 발 한 발 떼며 우렁차게 외쳤다. 나는 눈을 양옆으로 굴렸다. 비키는 목표물에 닿기 전에 늘 저랬다. 내가 숨은 나무 아래에 비키가 자리를 잡았다. 라몬트도 비키 옆에 털썩 주저앉았다. 네로는 덤불 속에서 부스럭거렸다.

"왜 이렇게 덥냐?"

비키가 손으로 부채질을 했다.

"답은 저기에 있지."

라몬트가 태양을 가리켰다.

"그걸 말이라고 하냐? 아무튼 오늘 날씨는 찰리의 생일 캠핑을 하기에 완벽하군. 구름 한 점 없는 하늘, 모닥불, 쏟아지는 별들…."

라몬트는 비키를 말없이 쳐다보았다.

"왜? 내가 뭐 틀린 말 했어?"

"친구 소식 좀 챙겨줄래, 비키? 찰리 오늘 캠핑 못 해. 아마 우리랑 생일 파티도 못 할걸. 지금쯤 집에서 아기 옆에 앉아 '반짝반짝 작은 별' 노래를 부르며 기저귀를 갈고 있을 거야. 찰리가 동생이 태어나길 얼마나 기다렸는지 알지? 아마 이제 몇 주간은 찰리 얼굴 보기 힘들 거야. 어쩌면 몇 달…, 몇 년…."

얼굴이 화끈거렸다. 라몬트가 다른 찰리 이야기를 하는 것 같았다. 나는 저 찰리여야 했다.

"그깟 동생이 무슨 대수라고."

비키가 기다란 풀잎을 뜯어 시골 아이처럼 질겅질겅 씹으며 툴툴거렸다.

"너한테는 그깟 동생일지 몰라도 찰리는 안 그래."

라몬트가 톡 쏘아붙였다.

비키는 씹고 있던 풀잎을 라몬트의 귀에 쑤셔 넣었다. 라몬트가 소리를 꽥 지르며 자리에서 벌떡 일어섰다. 수풀 속에서 네로가 컹컹 짖으며 라몬트에게 달려왔다.

"네로, 그렇지! 비키가 날 공격하고 있어! 네로, 출동!"

라몬트가 웃음을 터뜨렸다. 비키도 따라 웃었다.

"바로 항복합니다."

비키가 두 손을 들었다. 네로는 같이 놀자는 말인지 알고 펄쩍 뛰어올라 비키의 얼굴을 마구 핥았다.

슬며시 웃음이 나왔다. 이 바보 같은 나무에서 내려가고 싶어 발이 근질거렸다. 평소처럼 친구들과 빈둥빈둥 놀고 싶은 마음뿐이었다. 어쩌면 둘은 내가 어떻게 해야 좋을지 도와줄 수 있을지도 몰랐다. 도토리를 떨어뜨려 내 은신처를 막 공개하려는 참에 라몬트의 휴대전화가 울렸다.

전화기 화면을 본 라몬트가 눈썹을 찌푸렸다.

"찰리 아빠야."

나는 가슴이 철렁 내려앉았다.

11. 달리기

"여보세요. 네, 라몬트예요. 네, 네? 아…, 네. 아…. 네."

라몬트는 연신 고개를 끄덕였다.

"무슨 일이야?"

비키가 속삭였다. 라몬트는 쉿 하고 손가락을 입에 갖다 댔다.

"음…. 네? 아…. 음…."

라몬트는 적당한 대답을 못 찾겠다는 듯 얼버무렸다. 눈빛이 점점 심각해졌다.

"이런…. 네…. 찰리는 괜찮나요?"

나는 얼굴이 달아올랐다. 입술을 꽉 깨물었다. 죄책감과 민망함과 불안이 한꺼번에 밀려들었다.

"아…. 아니요. 오늘 아침 이후로는 못 봤어요."

라몬트가 손으로 전화기 아래쪽을 가리고 다급히 비키를 보았다.

"너 오늘 찰리 봤어?"

비키는 눈을 크게 뜨고 고개를 저었다.

"비키도 못 봤대요. 도대체… 뭐가 어떻게 된 거예요?"

잠시 침묵이 이어졌다. 라몬트는 수화기 반대편 아빠의 이야길 들으며 고개를 수십 번 끄덕일 뿐이었다. 나는 무릎에 얼굴을 파묻고 울퉁불퉁한 나무 기둥에 등을 세게 밀었다. 가브리엘 떡갈나무가 날 잡아먹어주길 바랐다.

"네. 저희는 지금 숲이에요. 자주 가던 데를 샅샅이 뒤져볼게요. 아니요. 아니요. 괜찮아요. 저희도 돕고 싶어요."

라몬트와 비키의 표정을 살짝 훔쳐보았다. 비키는 네로의 개목걸이를 손에 꼭 쥔 채 고개를 마구 끄덕였다. 주먹 뼈마디가 하앴다.

"네, 알겠어요. 그럴게요. 네, 네. 안녕히 계세요."

라몬트가 전화를 끊고 뒷주머니에 전화기를 넣었다.

"찰리가 사라졌대."

"뭐? 왜?"

비키가 소리를 질렀다.

귀를 막았다. 그래도 둘의 목소리를 막을 수는 없었다.

"나도 모르겠어. 내 생각에는 아기 울음소리가 너무 괴로워서 병원을 뛰쳐나간 것 같아. 짜증을 참을 수가 없었나봐."

귀에서 손을 확 뗐다. 짜증? 민망하고 난처하던 마음이 분노로 바뀌었다. 짜증! 어떻게 그런 말을 내뱉을 수 있지? 이를 꽉 물었다. 라몬트는 내 마음을 완전히 헛짚고 있었다.

"하지만 찰리가 왜…."

비키가 고개를 갸웃거렸다. 네로가 낑낑대기 시작했다.

58

"이기가 말이야."

라몬트의 목소리가 진지했다. 부글부글 끓어오르던 마음이 조금 가라앉았다.

"심장에 문제가 있나봐. 수술을 받아야 한대."

"오, 이런! 너무 안됐다. 언제?"

비키는 두 손으로 입을 막았다.

"오늘. 곧 수술실에 들어간대. 최대한 빨리 찰리를 찾아야 해. 왜냐하면…."

라몬트가 더이상 말을 잇지 못 했다.

내 가슴은 차갑게 얼어붙어 조각나고 있었다. 눈앞이 뿌옇게 흐려졌다. 나도 모르게 입 밖으로 흐느낌이 새어나왔다. 급히 손으로 막았지만 늦은 것 같았다.

네로가 귀를 쫑긋 세우고 고개를 쳐들었다.

"찰리는 도대체 어디 있는 걸까?"

네로가 꼬리를 마구 흔들며 날 향해 짖어댔다.

"그러게 말이다, 비키. 일단 정령 바위부터 가보자."

네로는 거의 미친개처럼 짖기 시작했다.

"네로, 조용히 좀 해! 왜 그래?"

네로가 비키의 손을 뿌리치고 위를 향해 펄쩍 펄쩍 뛰었다.

라몬트와 비키가 고개를 들었다. 우리는 눈이 마주쳤다. 둘은 다시 서로를 보았다.

"안녕."

멋쩍게 인사를 건넸다. 나무에서 내려가 단단한 흙바닥에 쿵 하고 착지하는 내내 라몬트와 비키는 나에게서 눈을 떼지 않았다.

"거기서 뭐 한 거야, 찰리? 왜 나무에 숨어 있었어?"

비키의 눈이 휘둥그레졌다.

나는 어깨를 으쓱 들어올렸다. 무슨 말을 해도 이해하지 못 할 것이다. 나조차 내 마음의 갈피를 잡을 수 없었다.

"너희 아빠랑 통화하는 거 들었어?"

라몬트가 물었다.

나는 라몬트의 눈을 보지 않은 채 고개만 끄덕였다.

"네 동생 이야기는 너무 속상하더라."

비키가 내 팔을 조심스럽게 어루만졌다. 나는 비키의 손을 뿌리쳤다. 왜인지 비키의 행동에 화가 났다.

"미안."

비키가 소곤거렸다.

"병원으로 어서 돌아가, 찰리."

라몬트가 말했다.

나는 라몬트를 노려보았다. 자기가 뭔데 나한테 이래라저래라 하는 거지?

비키와 라몬트가 눈빛을 슬쩍 주고받았다. 둘은 내가 속하지 않은 비밀조직의 일원이라도 된 표정이었다. 조직의 이름은 아마도 '찰리를 가엾게 여기는 사람들의 모임' 일 것이다. 아기는 날 둘러싼 모든 것을 바꿔놓았다. 내 친구들까지도.

이를 악물고 돌아서며 애먼 나무뿌리를 발로 찼다. 주머니를 휘저어 사슴 이빨을 찾았다. 상처가 날 정도로 꽉 쥐었다.

모든 것이 마음에 들지 않았다. 최대한 멀리 도망쳐서 숨고 싶었다. 생각들이 벌 떼처럼 머릿속에서 붕붕거렸다. 다라. 녀석의 파랗게 질린 작은 입술. 엄마의 퉁퉁 부은 눈. 카메라 플래시. 아빠의 억지웃음. 병원 복도에서 운동화가 끽 하고 끌리던 소리. 후끈한 공기. 앰뷸런스 사이렌. 나는 마른침을 삼키며 사슴 이빨을 더 세게 쥐었다. 설마 다라가 죽는 건 아니겠지? 머릿속이 뒤죽박죽이어서 눈앞이 핑 돌 지경이었다.

눈을 감았다. 비키와 라몬트가 말을 걸었지만 대꾸하지 않았다. 주머니 속 엄지손가락에 온 신경을 집중했다. 사슴 이빨의 뾰족한 끝으로 엄지손가락을 꾹 눌렀다. 둘의 목소리가 점점 흐릿해졌다.

등 뒤편 숲에서 귀에 거슬리는 울음소리가 들렸다.

눈을 뜨고 뒤돌아보았다. 산까치 한 마리가 날 향해 돌진했다. 부딪치기 직전에 겨우 고개를 수그렸다.

팔로 머리를 감쌌다. 산까치가 또다시 날카롭게 울었다. 산까치는 공중에서 몸을 한 바퀴 휙 돌리더니 아래로 곤두박질치듯 빠르게 내 옆을 스치고 지나갔다. 날개가 신호등 파란불처럼 번쩍거렸다.

아주 새파란 깃털이었다.

그순간 엄지손가락이 따끔했다. 핏방울이 맺혀 있었다. 보통 빨간색이 아니라 새빨간 피가 배어나왔다. 갑자기 숲의 모든 색이 짙어지기 시작했다. 눈앞이 새파랗고 새빨갛고 샛노랗게 일렁였다. 후끈한 공기 속에서 잠수한 것처럼 귀가 먹먹해 머리를 세게 흔들었다. 산까치가 다시 날아왔

61

다. 비명 같은 울음소리가 모든 흐릿한 것들을 가르며 귓속으로 파고들었다.

햇살이 숲을 군데군데 노랗게 물들였다. 무성하게 우거진 초록빛을 하염없이 바라보았다. 산까치는 저 멀리 금빛 강을 향해 쏜살같이 날아갔다. 나는 더 이상 참을 수 없었다. 숨을 크게 들이쉬고 산까치를 따라 달렸다.

부드러운 진흙과 나무뿌리를 덮은 나뭇잎을 밟으며 뛰었다. 심장이 쿵쾅거리기 시작했다. 팔을 쭉 뻗어 달랑거리는 나뭇잎을 잡으려 폴짝 뛰었다. 축축한 공기 속에 이끼 냄새가 자욱했다. 숨을 깊이 들이마셨다. 모퉁이를 돌아 내리막길이 시작되는 곳에 다다랐다. 나는 여전히 빨리 뛰고 있었다. 너무 빨라서 다리가 내 것이 아닌 느낌마저 들었다. 심장 뛰는 소리가 귓가를 울렸다. 길은 구불구불하게 휘어졌다. 급하게 몸을 꺾다 진흙탕에 발이 미끄러졌다. 다행히 넘어지지는 않았다. 나는 더 속력을 냈다. 고사리가 손을 간질이고 쐐기풀이 다리를 스쳤다. 따끔할 새도 없었다. 바위를 휘감으며 졸졸 흐르는 물소리가 들렸다. 마지막 굽은 길까지 힘껏 달렸다. 햇빛이 쏟아져 물결이 은빛으로 반짝였다. 눈이 부셨다. 몸은 땀으로 흠뻑 젖었다. 수풀을 헤치며 강둑을 내려가 모래사장을 달렸다. 그대로 강물에 몸을 던졌다.

심장이 쿵 떨어졌다.

물속에 누군가 있었다.

엎드린 채로.

12. 일어나!

깊이 생각할 겨를이 없었다. 나는 곧장 두 걸음을 더 걸어 들어갔다. 바위투성이 강에 몸이 둥둥 떠 있었다. 강물은 천천히 흐르고 높이가 무릎 정도밖에 되지 않았다. 여자였다. 긴 머리가 물 위로 풀어헤쳐져 있었다. 머리에서 피가 흘렀다. 투명한 강물로 붉은 핏물이 소용돌이치며 퍼져나갔다. 여자 가까이에 있는 울퉁불퉁한 바위에 핏자국이 묻어 있었다. 바위에서 미끄러지며 머리를 세게 부딪친 것 같았다.

여자의 겨드랑이를 잡고 일으키려고 힘을 주었다. 몸이 꽤 무거웠다! 온 힘을 다해 어깨를 들어올렸다. 가슴 앞으로 고개가 툭 떨어졌다. 나는 몸을 뒤로 젖혔다. 머리가 내 어깨에 닿았다. 그 순간 여자의 몸이 휘청하며 돌아갔다. 나는 미끄러지면서 얕은 물속에 주저앉았다. 여자도 함께 쓰러졌다. 내 팔 안에서 축 늘어진 여자의 얼굴에서 젖은 머리카락을 걷었다.

여자가 아니었다. 소년이었다.

소년은 눈을 감고 있었다. 젖은 손을 소년의 벌어진 입 앞에 대 보았다.

63

온기가 느껴지지 않았다. 숨을 쉬지 않았다. 숨을 쉬지 않았다!

강바닥에서 이리저리 쏠리는 자갈 위로 발 디딜 곳을 찾아 더듬거렸다. 머리가 산발인 소년의 겨드랑이를 잡고 물 밖으로 조금씩 끌어당겼다. 비틀거리다 넘어지기를 반복하며 강변의 모래밭까지 나왔다. 소년을 옆으로 눕히고 그 옆에 털썩 무릎을 꿇고 앉았다. 숨이 차서 가슴이 따끔거렸다. 소년은 움직이지 않았다. 도와줄 사람을 찾아 주위를 두리번거렸다.

"도와주세요! 누구 없어요?"

나는 목청껏 외쳤다.

하지만 이 울창한 숲을 울리기에는 내 목소리가 너무 작았다. 돌아오는 대답이라곤 멀리서 새가 빽빽거리는 소리뿐이었다. 아기 울음소리처럼 날카롭게 내지르는 소리였다.

"비키! 라몬트! 어디 있어? 나 좀 도와줘!"

여전히 아무도 대답하지 않았다.

소년의 입술이 새파랬다. 나는 손목을 잡아보았다. 내가 믿고 싶은 것인지 진짜인지 모르겠지만 아주 약하게 맥박이 뛰었다. 아이는 살아있었다! 최소한 나는 그렇게 생각했다.

"도와주세요!"

목이 쉴 정도로 힘껏 소리를 질렀다.

모두 어디로 갔을까? 강둑 위에는 언제나 달리기를 하는 사람들이 있었다. 강가에는 늘 물놀이하는 아이들이 있었다. 왜 개미 한 마리 보이지 않는 걸까? 그것도 이렇게 위급한 순간에!

"도와주세요! 라몬트! 비키! 나 좀 도와줘!"

다시 한번 소리쳤다.

역시 대답이 없었다. 라몬트라면 이 상황에서 어떻게 해야 할지 알았을 거다. 세인트 존스 인명구조단에서 학교에 나와 심폐소생술을 가르쳤을 때 우리 셋 중 라몬트만 진지했다. 비키와 나는 마네킹에 인공호흡을 하는 시간에 키득거리다 결국 파스코 선생님께 쫓겨났다. 왜 장난만 치고 제대로 배우지 않았을까?

소년의 뺨을 툭툭 두드렸다.

"눈 좀 떠봐! 제발!"

나는 거의 애원하듯 말했다.

새가 다시 삑삑거렸다.

"일어나!"

소년의 어깨를 잡고 세게 흔들었다.

"눈 좀 떠봐!"

소년이 눈을 희미하게 깜빡거렸다. 이내 눈을 번쩍 뜨더니 날 빤히 보았다. 새까만 눈동자에 내 얼굴이 비쳤다. 소년은 몸을 뒤척이더니 캑캑거리기 시작했다. 입에서 물이 뿜어져 나왔다. 기침을 하느라 숨을 거의 못 쉴 지경이었다. 네 발로 기며 헛구역질을 했다. 더 뱉을 침이 없을 때까지 침을 뱉었다. 머리가 양 팔 사이로 축 늘어졌다. 길고 검은 머리카락이 바닥을 쓸었다. 머리에 난 상처에서 모래 위로 피가 뚝뚝 떨어졌다. 그제야 얕은 숨소리가 들렸다. 갈색 피부 아래로 갈비뼈가 오르내렸다. 숨을 쉬는 게 세상에서 가장 어려운 일인 양 소년은 겨우 숨을 쉬었다.

처음으로 소년의 몸을 제대로 보았다. 허리 아래는 동물 가죽으로 가렸고 상체는 맨몸이었다. 마르고 단단한 팔다리에 십자 모양으로 긁힌 자국이 가득했다. 인상 또한 예사롭지 않았다. 손목에는 끈 몇 가닥을 팔찌처럼 둘렀고 모래밭을 세게 누르는 손은 크고 두툼했으며 손가락이 굵고 길었다. 소년은 내 시선을 느꼈는지 머리를 홱 돌려 젖은 머리카락 사이로 날 노려보았다.

"넌 누구니?"

내가 말했다.

13. 짱

"괜찮니? 집이 어디야? 길을 잃었니?"

소년은 날 빤히 바라볼 뿐 대답이 없었다. 블랙홀처럼 날 집어삼킬 듯이 도끼눈을 떴다.

소년이 쌕쌕거리다 마침내 입을 열었다. 목소리가 거칠었다. 동물이 으르렁거리는 것 같은 굵은 소리라 알아듣기가 힘들었다.

너 누구야? 누구? 남자? 여자? 나 너 모르는데? 너 누구야?

나는 고개를 절레절레 흔들었다.

"도대체 무슨 말을 하는 거야?"

소년은 얼굴이 벌개지더니 점점 더 크고 빠르게 말했다.

나 강물에 밀었어? 나 넘어뜨렸어? 죽이려고? 너 누구야?

"그런 거 아냐. 일단 좀 진정해."

소년은 조금도 진정하지 않았다. 손으로 가슴을 치면서 소리를 지르기 시작했다.

나 죽이려고 했어!

나도 너 죽일 거야! 하!

너 따위 하나도 겁 안나! 하!

소년은 어설프게 갈지자걸음을 걸으며 무언가를 찾았다. 그러더니 또다시 블랙홀 같은 눈으로 날 노려보았다. 나는 뒤로 한 걸음 물러났다.

짱 어딨어? 내 짱 가져갔어? 내 짱 어딨어?

"창 말하는 거야?"

나는 대충 넘겨짚었다. 갑자기 소년이 앞으로 펄쩍 뛰며 나에게 덤벼들었다. 난 미처 피할 겨를도 없이 휘청거렸다. 소년이 내 축축한 파란 티셔츠 주머니를 움켜쥐었다.

"야! 이거 놔!"

소년을 밀치며 큼지막한 손에서 벗어나려 발버둥쳤다.

소년은 꿈쩍도 않고 주머니를 더 세게 잡았다. 손톱에 때가 껴서 시커맸다.

날 강물에 밀었어! 내 짱 가져갔어! 널 죽일 거야!

"뭐래는 거야? 이거 좀 놓고 얘기해!"

나는 티셔츠를 잡고 몸을 뒤로 젖혔다. 소년은 더 거칠게 잡아당겼다. 주머니가 그대로 뜯겨나갔다. 나는 비틀거리다 넘어질 뻔했다.

"지금 도대체 뭐 하는 거야?"

불쑥 화가 치밀어 올랐다.

소년은 찢긴 주머니를 내려다보았다. 그러고는 날 노려보았다. 갑자기 으르렁거리며 고함을 질렀다. 이글거리는 눈빛으로 또다시 나에게 덤벼들었다.

나는 소리를 지르며 뒤돌아 갈대밭으로 도망쳤다. 뒤를 쫓아오던 소년의 발소리가 갑자기 들리지 않았다. 슬쩍 뒤를 돌아보았다.

저 멀리 누군가 떨어뜨린 인형처럼 소년이 대자로 누워 있었다. 기절했나? 연기하는 건가? 날 유인하려고 스스로 덫을 친 것일 수도 있었다. 내가 다가가면 확 후려쳐서 잡으려고 죽은 척을 하는 걸지도 몰랐다.

심장이 엔진처럼 시끄럽게 펄떡거렸다. 다시 한번 비키와 라몬트를 찾아 주위를 두리번거렸다. 이렇게 중요한 순간에 녀석들은 도대체 어디에 있는 걸까? 일단 갈대밭으로 비집고 들어가 쭈그리고 앉았다. 숨어서 소년을 주시했다. 왜 나를 공격한 걸까? 도대체 무엇 때문에?

갈대밭 옆으로 흐르는 강물 속에 피 묻은 바위가 보였다. 소년을 발견한 자리였다. 울퉁불퉁한 바위 윗부분이 여전히 붉게 얼룩져 있었다. 마치 용암이 흘러나온 화산의 작은 모형 같았다. 소년은 어쩌다 이 강에 오게 된 걸까? 그냥… 지나가는 중이었을까? 아니면…. 머릿속에서 온갖 상상이 꼬리에 꼬리를 물었다. 그 순간 무언가가 눈에 들어왔다. 뾰족한 바위들 사이에 기다란 막대가 끼어 있었다. 한쪽 끝이 날카로운 평범해 보이지 않는 막대였다. 바람이 불어와 갈대가 쏴 하고 흔들렸다.

"진짜 창인가?"

나는 혼잣말을 내뱉었다.

소년에게서 눈을 떼지 않은 채 조심스럽게 몸을 일으켰다. 얕은 물을 잠방이며 강가로 들어가 창을 꺼냈다. 길이는 내 키만 하고 나무껍질을 벗겨 만든 새하얀 몸통이 아름다웠다. 날카롭게 갈린 돌이 막대 끝에 노끈으로 단단히 고정되어 있었다. 집에 있는 보물 상자 속 석기 시대 부싯돌과 비슷했다. 손가락을 살짝 갖다 댔다. 맹수의 발톱처럼 날카로웠다. 장난감이 아니었다. 진짜 창이었다.

창 자루를 잡아 보았다. 유독 반질반질하고 닳은 부분이 있었다. 그곳을 잡고 선 소년의 모습이 떠올랐다. 소년의 손때 묻은 흔적이 내 손의 크기와 꼭 맞았다. 창던지기 선수처럼 창을 어깨 위로 들어 올려 앞뒤로 흔들었다.

"짜아앙."

소년의 특이한 목소리를 흉내 내며 조용히 말해 보았다.

뒤를 돌아 쓰러진 소년을 힐끔 보았다. 소년은 왜 동물 가죽옷을 입고 창까지 든 채 맨델 숲에 나타났을까? 소년은 여전히 움직이지 않았다.

슬그머니 걱정이 되기 시작했다. 소년이 날 공격하는 것도 두려웠지만 소년이 죽는 것은 더 겁났다. 엄마가 말한 적 있었다. 익사 직전에 살아나 괜찮아 보이던 사람이 자기도 모르게 폐에 들어간 물 때문에 시간이 지나 죽을 수도 있다고. 끔찍하게도!

나는 강변 모래밭 소년이 있는 쪽으로 한 걸음씩 다가갔다. 젖은 운동화 속에서 발이 질벅거렸다. 창을 들고 있으니 어쩐지 아까보다 덜 무서웠다.

마침내 소년 옆에 섰다. 도마뱀이 소년의 맨발 옆을 지나 휙 달아났다. 소년의 발은 손처럼 두툼하고 단단해 보였다. 오른쪽 발목이 퉁퉁 부어 있었다. 긴 머리카락으로 반쯤 가려진 이마에 진물이 배어나온 상처가 보였다. 코는 주먹코에 광대뼈가 불거지고 속눈썹이 길고 짙었다. 발가락으로 소년의 발을 살살 건드렸다. 하지만 죽은 듯이 움직임이 없었다. 나는 입술을 깨물었다.

소년 옆에 천천히 쭈그리고 앉았다. 심장이 쿵쾅거렸다.

14. 사악한 영혼

날카로운 소리가 고요한 공기를 갈랐다. 나는 놀라서 어깨를 들썩거렸다. 소리는 한 번 더 들렸다. 새소리 같았다. 이전에 들어본 기억은 없었다. 갓난아기의 울음과 비슷했다. 다라 같은 아기. 새가 한 번 더 삑 하고 울었다.

소년이 전기에 감전이라도 된 것처럼 심하게 몸부림쳤다. 나는 놀라서 뒤로 자빠지고 말았다. 소년이 머리를 좌우로 돌렸다. 살아있었다!

안도의 한숨이 나왔다. 다행스러운 마음과 두려운 마음이 뒤섞였다. 나는 창을 더 꼭 쥐었다. 소년이 벌떡 일어날 경우를 대비해 뒤로 슬금슬금 물러났다.

"으으으나아아브으으. 으나아브아아아아."

소년은 여전히 눈을 감은 채 중얼거렸다.

하지만 목소리가 점점 커졌다. 정신도 들지 않은 상태로 이상한 말을 미친 듯이 외쳤다.

나방 아이!

72

나방 아이! 지켜줄게! 내가 지켜줄게! 나방 아이!

"나방 아이?"

나는 고개를 갸웃거리며 혼잣말을 내뱉었다. 도대체 나방 아이가 뭐지?

소년이 눈을 번쩍 떴다. 그리고 날 보았다. 심장이 쿵 떨어졌다. 나는 황급히 뒷걸음질 쳤다. 손가락 마디가 하얗게 될 정도로 창을 세게 잡았다.

"저기, 일단 진정해. 진정하고 잘 들어봐."

최대한 아무렇지 않은 척 하려고 애썼다.

하지만 소년은 역시 진정하지 않았다. 몸을 휙 일으키더니 내가 아닌 강둑을 향해 잽싸게 뛰어갔다. 강둑 위에 서서 한 손을 동그랗게 말아 망원경처럼 눈에 대고 특유의 걸걸한 목소리로 외쳤다.

너 누구야? 나 너 몰라.

사악한 영혼이야?

사악한 영혼이지?

내 짱 가져갔어!

나한테 사악한 저주 걸었어!

가! 저리 가, 사악한 영혼! *꺼져!*

사악한 너네 나라로 당장 *꺼져!*

소년은 날 향해 소리치고 또 소리쳤다. 목소리는 짐승의 소리에 가까웠다. 포효하는 야생 짐승.

갑자기 소년은 입을 다물고 꼼짝도 하지 않았다. 마치 '즐겁게 춤을 추다가 그대로 멈춰라' 놀이라도 하는 것처럼. 소년은 도대체 뭘 하는 걸까?

비명소리가 적막을 깨트렸다. 아까 그 새소리였다. 소리는 금세 희미해졌다. 소년은 날 향해 눈을 이글거리며 외쳤다.

　나방 아이 어딨어?

　나방 아이가 울잖아!

　내 나방 아이 어디 숨겼어?

　당장 말해, 사악한 영혼!

　당장 말해, 안 그럼 널 죽일 거야!

　내 나방 아이 어딨어?

　"나방? 나방 말하는 거야?"

　나는 소년에게 되물었다.

　소년이 돌멩이를 집어 들었다.

　"나바앙 아이!"

　소년이 소리치며 돌멩이를 세게 던졌다. 다행히 빗겨갔지만 간발의 차였다.

　"야! 지금 뭐 하자는 거야? 난 널 도와주려는 거야."

　호기롭게 외쳤지만 목소리는 기어들어갔다. 창을 더 꽉 움켜쥐었다.

　내 나방 아이 어디 숨겼어, 이 사악한 영혼아?

　소년은 더 큰 돌을 집었다.

　"그만해! 네가 무슨 말을 하는지 모르겠다고!"

　나도 소리를 꽥 질렀다. 발은 조금씩 뒤로 물러나 발목 깊이의 물속에 섰다.

　소년 뒤에서 산비둘기 한 마리가 푸드덕대며 날아올랐다. 나는 놀라서 움찔했다. 소년도 어깨를 들썩였다.

기분이 이상했다. 나는 소년을 향해 한 걸음 다가갔다. 소년이 눈을 크게 뜨고 뒤로 한 걸음 물러났다.

믿을 수 없었다! 커다란 돌을 들고 짐승처럼 사납게 포효하던 소년이 떨고 있었다. 날 겁내고 있었다.

15. 뇌진탕

산비둘기는 강 위로 날아갔다. 우리는 마주보고 섰다. 소년과 나, 우리는 서로를 뚫어지게 보았다.

"구구, 구구. 누⋯구? 누⋯우⋯구?"

산비둘기가 다시 돌아와 머리 위를 지나갔다.

문득 어렴풋한 기억 하나가 떠올랐다. 걸걸한 목소리. 나는 소년의 목소리를 들어본 적 있었다.

날 보는 소년의 표정도 달라졌다. 돌을 든 손을 천천히 내렸다. 눈을 가늘게 뜨고 날 가리켰다. 그러고는 몽롱한 표정으로 나지막이 웅얼거렸다.

너 사악한 영혼 아니다! 너 알아. 본 적 있어.

기억나. 나 개암나무 위에 앉아 있었다. 사냥 하려고.

기다리고 기다리고 기다렸다.

잠이 왔다.

눈 감고 보는 세상에 네가 왔다. 거기서 너 봤다.

너는 개암나무 밑에 앉아 있었다.

너 봤다.

촐-리-머-룸.

맞아, 너야. 촐리머룸!

촐리머룸.

나는 고개를 갸웃거리며 소년의 말을 따라했다.

"촐리-머룸?"

분명 어젯밤 맨델 숲에서 들었던 말이었다. 목소리까지 생생하게 기억
났다. 걸걸한 쇳소리였다.

"찰리 메리엄 말하는 거야?"

촐리머룸.

소년은 고개를 끄덕이며 날 가리켰다. 나만큼이나 놀란 얼굴이었다.

"촐리머룸."

이 이름이 진짜 이름인양 소리 내어 말해 보았다. 갑자기 가슴이 콩닥거
리며 피식 웃음이 새어나왔다. 어금니 근처 머릿속 깊은 곳에서 딸깍 소
리가 들렸다. 마치… 열쇠가 자물쇠에 완벽하게 들어맞는 소리 같았다.
나는 머리를 흔들었다. 귀가 펑 하고 뚫리더니 모든 소리가 선명하게 들
렸다.

"난 촐리머룸."

날 가리키며 말했다.

"그럼 넌 누구야?"

이번엔 소년을 가리켰다.

소년이 자기 몸을 내려다보고 크고 두툼한 손을 살펴보더니 얼굴을 쓰

다듬었다.

그러고는 슬픈 표정으로 천천히 고개를 저으며 내 눈을 보았다.

"몰라. 기억 안 나."

소년의 목소리가 갈라졌다.

갑자기 소년의 말이 귀에 콕 박혔다. 모든 것이 이해되기 시작했다.

"기억이 나지 않는구나?"

소년이 왜 그렇게 혼란스러워하며 이상하게 굴었는지 알 것 같았다. 소년은 기억을 잃은 것이다.

"걱정 마. 머리를 부딪쳐서 그래."

소년이 다친 위치와 같은 자리의 내 이마를 톡톡 두드렸다.

소년은 잊고 있었다는 듯 검붉은 핏물이 배어나오는 이마를 문질렀다.

"네가 나 밀었어?"

손가락에 묻은 피를 보고 소년은 겁에 질린 표정으로 뒤로 물러났다.

"아니! 아니야! 당연히 아니지. 난 그저 물에 떠 있는 널 보고⋯."

소년을 발견한 후 일어난 일들이 주마등처럼 스쳤다.

"구한 거야⋯. 내가⋯ 널⋯ 구했어."

스스로도 믿기지 않았다. 지금껏 한번도 누군가를 구해본 적 없었다. 나는 멋쩍은 미소를 지었다. 조금은 내 자신이 자랑스러웠다.

소년은 정신이 딴 데 팔린 것처럼 여전히 심각한 표정으로 손목의 실팔찌만 만지작거렸다.

"나방 아이⋯. 나방 아이는 생각나⋯."

소년이 갑자기 눈을 가늘게 뜨고 날 노려보았다.

"촐리머룬, 네가 나방 아이 데려갔어? 나방 아이 어딨어?"

"아니라니까. 도대체 나방 아이가 뭔데?"

소년이 팔찌를 애처로운 눈빛으로 내려다보았다.

"내 여동생. 내 아기 여동생. 다른 이름은 나나."

"아기 여동생."

나는 조용히 소년의 말을 따라 했다. 가슴이 따끔거렸다. 가슴 깊은 곳을 뾰족한 막대기로 긁는 것 같았다.

소년의 눈빛이 갑자기 번뜩였다.

"나나! 나나 어딨지? 나나 혼자 있어! 위험해! 구해야 해! 어서! 어서!"

소년이 두려움에 사로잡혀 소리를 질렀다.

내가 채 대답을 하기도 전에 소년은 벌떡 자리에서 일어났다. 얼굴이 유령처럼 창백했다. 눈이 뒤집히면서 그 자리에 쓰러졌다.

소년에게 달려갔다. 숨은 쉬고 있었다. 또 기절한 것 같았다. 피가 스며 나온 상처와 잿빛 얼굴을 뚫어져라 보았다. 어디가 아픈 걸까?

문득 단어 하나가 머리를 스쳤다.

뇌진탕. 바위에 머리를 세게 부딪치면서 뇌진탕을 일으켰을 수도 있었다. 비키도 학교 창틀에 올라가다가 자빠진 적이 있었다. 기절을 했고 죽은 사람처럼 창백한 얼굴로 미동도 없이 누워 있었다. 정신을 차렸을 때 라몬트나 나를 전혀 알아보지 못 했다. 모르는 사람 보듯이 우릴 빤히 보다가 갑자기 소리를 지르며 꺼지라고 했다. 진짜 무서웠다. 비키는 우리가 누군지, 자기가 누군지 아무것도 기억하지 못 했다. 로드리게스 선생님은 결국 구급차를 불러야 했다. 나중에야 뇌진탕 증세라는 걸 알았다.

비키는 우리에게 뇌가 진탕 깨질 뻔 했다며 농담을 했지만 하나도 웃기지 않았다.

구급차! 지금 나에게 필요한 것은 구급차였다. 엄마 아빠가 생일 선물로 휴대전화만 사줬어도 모든 일이 순탄했을 것이다. 나는 이리저리 두리번거렸다. 라몬트나 비키가 아니라면 아무라도 눈에 띄길 바랐다. 하지만 여전히 개미 한 마리 보이지 않았다.

"가서 어떻게든 방법을 찾아볼게."

나는 소년이 듣든 안 듣든 말했다. 아빠 가방을 어깨에 단단히 메고 강둑 쪽으로 성큼성큼 걸어갔다. 병원 쪽으로 난 숲길로 향했다.

하지만 이내 멈춰야 했다. 길이 보이지 않았다.

16. 뾰족 바위

길이 있어야 할 자리를 멍하게 바라보았다. 있을 수 없는 일이었다. 숲을 끝에서 끝까지 둘러보아도 길은 없고 나무만 빼곡했다.

"어떻게 된 거지? 도대체 길이 어디로 사라진 거지?"

떨리는 손으로 창을 뻗어 땅을 뒤덮은 무성한 고사리와 담쟁이덩굴을 들어올렸다. 숨이 턱 막혔다. 누군가 지나간 흔적이 전혀 없었다. 하지만… 불과 20분 전에 지나온 길인데…. 분명히!

나는 그늘진 안쪽을 자세히 들여다보았다. 숨이 가빠왔다. 아무것도 전과 같지 않았다. 더 어둡고 나무는 더 우거졌고 잡초와 덤불이 더 빽빽했다. 공기마저 달랐다. 무겁게 가라앉은 데다 속이 메슥거릴 정도로 단 꽃향기에 곰팡이 냄새 같은 것도 풍겼다. 코를 막고 입으로만 숨을 쉬었다. 눈으로는 얽히고설킨 덤불 사이에서 필사적으로 길을 찾았다. 마치 숲이 길을 집어삼킨 것만 같았다.

"하아아! 하아아아! 하아아아아!"

나무 꼭대기에서 새 한 마리가 놀리듯이 울었다.

숲은 꺅꺅거리고 붕붕거리고 윙윙거리는 소리로 가득 찼다. 한여름에도 들어보지 못 한 소리였다. 고통에 신음하는 듯한 짐승의 울음소리가 귓가를 스쳤다. 나는 그대로 얼어붙었다. 맨델 숲은 거의 집처럼 익숙했지만 갑자기 모든 것이 낯설었다. 덜컥 겁이 났다.

어깨 너머 소년을 돌아보았다. 여전히 그 자리에 반듯이 누워 있었다. 나는 손에 든 창을 힐끔 보았다. '차카차카차카' 처음 들어보는 새 소리에 귀가 따가웠다. 그 순간 머릿속에 이상한 생각이 번뜩였다. 길을 잃은 건 소년이 아니라 나일 수도 있었다. 갑자기 등줄기가 서늘하고 정신이 아득해졌다. 눈앞이 핑 돌았다.

이 숲은 분명 내가 아는 곳이다. 그런데 이제 아무것도 알 수 없었다. 어떻게 그럴 수 있지? 강은 거의 그대로였다. 하지만… 다리가 없었다. 어떻게 아까는 알아보지 못 했지? 어떻게 다리가 통째로 사라질 수 있지? 강 상류 쪽을 바라보았다. 심장이 쿵쾅거렸다. 눈에 익은 것이 보였다.

징검다리를 향해 강변을 따라 달렸다. 강물이 가장 얕게 흐르는 곳이었다. 징검다리를 건너 강 한가운데 있는 높은 바위 쪽으로 껑충 뛰었다. 비키와 라몬트와 나는 그 바위를 뾰족 바위라고 불렀다. 높이는 정령 바위와 비슷했지만 덜 미끄럽고 울퉁불퉁해서 타고 오르기가 더 쉬웠다. 손과 발을 디디던 홈의 위치는 거의 그대로였다. 나는 바위 위로 잽싸게 올라갔다. 바위 꼭대기 약간 평평한 곳에서 주위를 둘러보았다.

도대체 어떻게 된 일일까?

눈에 보이는 거라곤 끝도 없는 초록뿐이었다. 온통 무성한 초록이었다. 벤치도 표지판도 없었다. 수목한계선도 보이지 않았다.

심장이 빨리 뛰기 시작했다. 강변 뒤편 언덕 높은 곳에 정령 바위가 보였다. 오랜 친구처럼 원래 있던 자리에 서 있었다. 나는 조심스럽게 고개를 돌렸다. 소년이 누워 있는 강변을 지나 강 건너 바람에 물결치는 울창한 잎사귀 사이를 유심히 살폈다. 그리고… 찾았다! 덤불에 반쯤 가려졌지만 죽은 자의 동굴을 알아볼 수 있었다. 시커먼 입구도 그대로였다.

결국 숲은 여전히 내가 아는 숲이었다! 뭐, 물론 아닐 수도 있었다. 바람이 나뭇잎 사이를 지나며 나지막이 속삭였다. 목뒤 솜털이 쭈뼛 섰다.

갑자기 새로운 생각이 머리를 스쳤다. 설마… 설마… 다른 차원의 세상에 온 건가? 드라마 닥터 후처럼 다른 차원의 문을 통과한 걸까? 일단 나를 진정시켰다.

"말도 안 되는 소리, 찰리."

나는 피식 웃고 말았다. 나도 모르게 괴팍한 파스코 과학 선생님의 말을 따라하고 있었다. 파스코 선생님은 나이가 대략 아흔 다섯인데 나를 조금도 좋아하지 않았다.

"찰리는 엉뚱한 구석이 있어요. 걸핏하면 자기만의 세계로 빠져들어요."

선생님이 지난주 학부모 상담에서 아빠에게 한 말이었다. 물론 나는 이 말을 칭찬으로 받아들였다.

학부모 상담이라니! 아빠! 엄마! 가슴이 옥죄어 들었다. 무엇이든 익숙한 것을 찾아 고개를 두리번거렸다. 엄마 아빠는 날 가만두지 않을 것이다. 조마조마한 마음으로 병원이 있어야 할 곳을 보았다. 하지만 없었다. 병원도 마을도 아무것도 보이지 않았다. 끝도 없이 펼쳐진 숲, 오직 숲밖에 보이지 않았다. 수평선 부근에 보랏빛 먹구름이 몰려들었다. 불길하게도 폭풍우가 곧 닥칠 것 같았다.

뾰족 바위 위에서 골똘히 생각에 잠겼다. 라몬트라면 어떻게 했을까? 엄마가 늘 입에 달고 사는 것처럼 라몬트는 생각이라는 걸 하고 사는 아이였다.

나는 머릿속으로 일이 일어난 순서를 정리해 보았다. 아마 라몬트라면 그렇게 했을 것이다.

1. 일단, 뭔지는 몰라도 어떤 말도 안 되는 이유로 나는 길을 잃었다. 모든 게 달라졌다. 다시 원래 상태로 돌아가려면 어떻게 해야 하는지 모르겠다.

2. 모든 것이 달라진 이후로 만난 유일한 사람은 저 소년이다.

3. 하지만 저 소년은 머리를 다쳤다. 도움이 필요하다….

4. 하지만! 나도 도움이 필요하다. 다시 집으로 돌아가야 한다.

전혀 사실 같지 않지만 죄다 사실이었다. 말도 안 되는 일이었다. 난장판 속을 헤매며 뱅뱅 도는 기분이었다. 나는 이제 어떻게 하지?

17. 도와줄게

뾰족 바위를 미끄러지듯 내려와 모래밭에 누운 소년 쪽으로 돌아왔다.

소년 옆에 쭈그리고 앉아 귀를 기울였다. 숨을 내쉴 때마다 소년의 입에서 거품이 일었다. 아무래도 폐에 물이 찬 것 같았다. 이마에는 검붉은 진물이 엉켜 있었다. 상처 주위를 맴도는 파리 한 마리를 손으로 쫓았다. 얇은 띠구름이 해를 가리며 지나갔다. 소년이 갑자기 눈을 번쩍 떴다. 블랙홀처럼 까만 눈동자가 보였다. 나는 뒤로 물러났다.

"추워."

소년이 웅얼거렸다. 목소리에 힘이 하나도 없고 입술이 보랏빛이었다. 모든 에너지가 동난 것 같았다. 더이상 시간을 끌면 위험했다. 위태로운 상황이었다.

이제는 선택의 여지가 없었다.

"걱정 마. 내가 도와줄게."

"도와줄게?"

소년이 내 말을 따라했다. 소년은 내 눈을 잠시 바라보았다.

"도와줄게."

그러고는 다시 한번 되뇌었다.

소년이 내 손을 덥석 잡았다. 게슴츠레한 눈으로 힘겹게 날 보았다. 소년은 두려움에 떨고 있었다.

"나나. 나나. 도와줘."

소년의 목소리는 흔들렸지만 분명히 알아들을 수 있었다.

소년의 눈꺼풀이 실룩거렸다. 눈동자가 뒤로 휙 돌아가 흰자만 보였다. 잠시 후 다시 눈이 감겼다.

"나나 도와줘."

나는 조용히 소년의 말을 따라했다. 쌀쌀한 바람이 불어와 강물에 잔물결이 일었다. 몸이 부르르 떨렸다.

"널 도울 방법부터 찾아야 해."

나는 창을 모래밭에 내려놓았다. 아빠 가방을 벗어서 뒤지기 시작했다. 도움이 될 만한 물건이 하나쯤은 있을 지도 몰랐다. 가방 속에는 낡은 책과 빈 물병, 연필과 영수증, 초콜릿 포장지와 쓰레기가 뒹굴었다. 아빠는 정리와 거리가 멀었다. 이 순간만큼은 그 점이 다행이었다. 쓰레기 아래 가방 바닥에 낡은 체크 셔츠가 처박혀 있었다. 셔츠를 꺼내 얼굴을 파묻었다. 포근하고 따뜻한 아빠 냄새가 났다.

셔츠를 담요처럼 펼쳐 소년에게 덮어주었다. 소년은 눈을 감은 채 중얼거렸다. 아빠의 셔츠가 소년도 안심시켰는지 깊은 숨을 내쉬었다.

파리가 또다시 소년의 이마를 기웃거렸다. 상처는 모래와 진흙이 묻어 더 상태가 좋지 않았다. 아직 감염이 되지 않았다면 곧 감염이 될 상황이었다. 우리 집 늙은 고양이 투탕카멘이 날카로운 것에 발을 다친 후 발바닥이 감염되었던 일이 떠올랐다. 고양이는 심하게 앓았다. 끔찍한 기억이었다. 당장 해야 할 일을 깨달았다. 소년의 상처를 깨끗이 씻어주는 것이었다. 도구를 찾아 주위를 두리번거렸다.

소년의 다른 손에 파란색 천이 들려 있었다. 아까 내 티셔츠에서 뜯어낸 주머니였다. 나는 소년의 얼굴에서 눈을 떼지 않은 채 조심히 손가락을 하나씩 펼쳤다. 주머니를 강물에 흠뻑 적신 후 꼭 짰다.

"약간 따끔할 거야."

소년의 귓가에 나지막이 속삭였다. 상처 위로 물이 똑똑 떨어지자 나도 모르게 움찔했다. 최대한 부드럽게 상처를 닦았다. 소년이 끙 소리를 내며 머리를 뒤척였다. 다행인지 아닌지 더는 저항할 힘이 없어 보였다. 마음을 조금 더 단단히 먹고 상처 위로 더 많은 물을 떨어뜨렸다. 상처 주위의 더러운 것들이 깨끗이 씻겨나갔다.

"좋아!"

소년의 이마는 벌써 꽤 괜찮아 보였다. 이제 체온만 올라가면 혈색도 곧 돌아올 것 같았다. 피 묻은 주머니를 물에 헹구고 셔츠 아랫단을 길게 찢었다. 물기를 꼭 짠 주머니를 상처에 대고 찢은 셔츠로 머리를 세게 싸맸다.

"역시!"

나는 몸을 뒤로 젖히며 내 꼼꼼한 손 맵시에 감탄했다. 붕대로 나쁘지 않았다. 비록 소년을 약간 해적처럼 만들어 놓긴 했지만. 나도 모르게 웃음이 터졌다.

소년이 눈을 떴다. 그러니까, 두 눈 중 하나만 떴다. 붕대 때문에 왼쪽 눈을 완전히 뜰 수 없었다. 그러자 더욱 악당이나 해적 같았다. 나는 또다시 킥킥거렸다.

"미안."

붕대를 위로 조금 올렸다. 소년이 두 눈을 천천히 떴다.

나를 본 소년은 정신이 번쩍 드는 듯 했다. 이내 새까만 두 눈을 이글거렸다. 나는 창을 잡고 재빨리 뒤로 물러섰다.

"안녕."

침착하려고 애쓰며 말을 이어나갔다.

"나 찰리, 기억해? 널 도울 방법을 찾고 있었어."

소년이 의심스럽다는 듯 실눈을 떴다.

"나야…. 촐리머룸."

다시 한번 말했다.

소년의 눈빛이 맑아졌다. 내가 감아놓은 해적 붕대를 만지작거렸다.

"네가 했어, 촐리머룸?"

내 핸드메이드 붕대가 마음에 드는 건지 안 드는 건지 알 수 없었다.

"음… 맞아…."

이 대답이 정답이길 바라며 얼버무렸다. 소년이 또다시 미친 사람처럼 변하지 않길 빌었다.

"잘 했다."

소년은 마치 내 솜씨의 점수를 매기듯이 말했다.

"고마워."

나는 키킥거릴 뻔했으나 소년의 표정이 진지해서 감히 웃을 수 없었다.

그때 불빛이 번쩍 일었다. 번개였다. 번개를 처음 보는 사람처럼 눈을 굴리며 하늘을 힐끔거렸다. 먹구름이 잔뜩 끼어 있었다. 마음이 초조했다. 바람이 거세게 불고 천둥이 낮게 우르릉거렸다.

소년도 고개를 들더니 눈이 휘둥그레졌다.

"폭풍우 목소리다."

"그래, 폭풍우 목소리."

소년의 말을 알아들은 나는 나지막이 되뇌었다.

다시 한번 하늘이 번쩍였다. 굵은 빗방울이 떨어지기 시작했다.

18. 날 믿어

돌풍이 불어와 머리카락을 헝클어뜨렸다. 나무 꼭대기가 휘청거리고 강물의 물살이 빨라졌다. 까마귀 세 마리가 비바람을 뚫고 퍼덕거리며 날아갔다. 또다시 번개가 번쩍했다.

하나.

둘.

셋.

넷.

다…

우르릉 쾅. 천둥이 쳤다. 폭풍은 오 킬로미터도 떨어져 있지 않은 것 같았다.

"폭풍 거의 다 왔다."

소년이 하늘을 바라보며 쭈그리고 앉았다.

빗줄기가 거세졌다. 폭풍우가 몰아칠 때까지 가만히 있을 순 없었다. 사방이 뚫린 강변에 서 있다간 번개를 맞을 수도 있었다. 피할 곳을 찾아야 했다. 강 건너 죽은 자의 동굴의 시커먼 입구가 보였다.

선뜻 발이 떨어지지 않았다. 가도 될까? 엄마와 라몬트 엄마는 죽은 자의 동굴에 얼씬도 못 하게 했다. 비키는 동굴에 아이들을 끔찍이 싫어하는 수행자가 살기 때문일 거라고 했다. 라몬트는 한술 더 떠 심 카터와 그 패거리들이 동굴에서 술을 마시며 귀가 멀 정도로 음악을 시끄럽게 틀고 놀기 때문일 거라고 했다.

하늘이 점점 음산해졌다. 아무리 봐도 죽은 자의 동굴밖에는 피할 곳이 없었다.

"이봐, 몸을 숨길 만한 데가 있어. 동굴이야."

"동굴? 무슨 동굴?"

소년이 두리번거렸다.

"저기 저 동굴."

나는 강 건너편을 가리켰다.

소년이 내 손끝을 따라 동굴을 힐끗 보고는 다시 날 보았다.

"안 돼, 촐리머룸. 나나 찾아야 해. 안 돼, 동굴."

소년은 천천히 몸을 일으켰다. 아빠의 셔츠가 모래 위로 떨어졌다. 소년이 굳은 표정으로 팔짱을 꼈다.

"안 되긴 뭐가 안 되냐? 폭풍우 칠 때 여기 서 있다가는 번개 맞아 죽어. 폭풍우 지나고 나나 같이 찾자. 가자, 날 믿어."

소년은 눈을 가늘게 뜨고 골똘히 생각에 잠겼다. 먼지 낀 뿌연 창문으로 바깥을 보려는 사람처럼 미간을 찌푸렸다.

"믿어?"

소년이 발을 절뚝거리며 휘청였다.

"그래, 날 믿어."

소년을 향해 손을 내밀었다.

하늘은 이제 밤이 온 것처럼 시커멨다. 폭우가 쏟아지기 시작했다.

"가자! 빨리!"

소년이 비틀거리며 한 걸음 뒤로 물러났다. 여전히 날 향해 미심쩍은 눈길을 거두지 않았다. 천둥이 쳤다. 폭풍우가 빠르게 다가오고 있었다. 우리를 덮치기 직전이었다.

문득 좋은 생각이 떠올랐다. 날 믿게 할 만한 방법이 있었다. 소년 쪽으로 창을 굴렸다. 소년은 창을 와락 낚아채며 날 노려보았다. 피가 섞인 빗물이 소년의 옆얼굴로 흘러내렸다. 젖은 머리카락은 뺨에 들러붙었다. 소년은 겨우 눈을 떴다. 번개가 바로 위에서 쳤다. 가슴이 조마조마하고 터질 것 같았다. 소년의 손에 들린 창이 하얗게 번쩍였다. 머리 위 천둥소리에 귀가 멎을 것 같았다. 순간 큰 착각을 하고 있는지도 모른다는 생각이 들었다. 내가 무슨 생각을 하는 거지? 이 소년은 내 친구가 아니다. 나는 소년이 누군지도 무슨 일이 있었는지도 모른다. 소년이 앞으로 무슨 짓을 할지도 모른다….

"나도 널 믿을게."

내 목소리가 기어들어갔다.

시커먼 하늘에 거대한 지그재그 모양으로 빛이 번쩍했다.

세상이 끝장날 듯한 우지끈 소리에 땅이 흔들렸다. 소년의 눈꺼풀이 파르르 떨렸다. 또다시 기절하면 곤란했다. 여기서, 지금은 안 된다.

"제발 가자!"

우리는 마주보았다.

소년이 창을 모래밭에 쑤셔 넣고 지팡이마냥 짚고 섰다.

"가자. 동굴 간다."

소년은 결연한 표정으로 내 쪽으로 발걸음을 옮겼다.

나는 가슴을 쓸어내리며 정신이 나간 사람처럼 웃었다. 두려움이 섞인 이상한 웃음이었다.

"그럼 뛰어. 전기구이통닭 되기 전에."

소년에게 다가가 손을 내밀었다. 소년은 손을 잡지 않았다. 대신 창을 짚은 채 다리를 절뚝거리며 내 옆에 섰다. 소년은 어지러운지 비틀거렸다. 나는 소년을 잡았다.

"너도 날 잡아!"

천둥소리에 목소리가 묻히지 않기 위해 소리를 질렀다.

소년이 두툼한 손으로 내 어깨를 잡았다. 손에 힘을 주었을 때 나도 모르게 움찔했다. 손가락이 매의 갈고리 발톱 같았다. 우리는 퍼붓는 비를 뚫고 강을 건넜다. 나 찰리 메리엄과 정체를 알 수 없는 야생 소년.

마지막 징검돌에서 발을 뗐을 때 발이 질벅거리는 진흙으로 범벅이 되어 있었다. 소년은 어깨에서 손을 떼고 나무에 기댔다. 나도 소년 옆에 서서 나란히 기댔다. 우리는 함께 거친 숨을 몰아쉬었다. 공기에서 날카로운 전기 맛이 났다. 소년의 눈길이 느껴졌다. 곁눈질로 소년을 훔쳐보았다. 얼얼한 흥분이 뼈 속에서 솟구쳤다. 또다시 천둥이 쳤다.

폭풍이 코앞에 와 있었다. 거센 바람에 나무 꼭대기가 구부러졌다.

"가자. 서둘러!"

소년을 향해 내 어깨를 두드렸다. 잡으라는 신호였다. 하지만 소년은 고개를 홱 돌리며 빳빳이 쳐들었다. 표정이 의기양양했다.

"됐어, 그럼."

나는 투덜거리며 소년을 앞질러 갔다. 강변을 지나 동굴로 향했다. 열두 걸음쯤 갔을 때 번개가 눈앞으로 떨어졌다. 머리털이 곤두섰다. 본능적으로 달리기 시작했다. 어깨 너머로 소년을 돌아보았다. 다리를 다친 소년은 어설프게 다리를 끌었다. 소년 뒤에서 번개가 먹잇감을 찾았다는 듯 단번에 내리꽂혔다. 숨이 턱 막혔다. 방금 전까지 우리가 기댔던 나무였다.

불이 붙어 타오르는 나무는 소름끼치게도 아름다웠다. 나는 넋을 잃은 채 나무에서 눈을 떼지 못 했다. 가지는 엑스레이 사진의 뼈처럼 하얗게 변했다. 나무가 무시무시한 소리를 내며 우리 쪽으로 쓰러지기 시작했다.

"피해!"

있는 힘껏 소리를 질렀지만 나무가 갈라지는 소리에 묻히고 말았다.

19. 폭풍우 목소리

소년이 비명을 지르며 내 팔을 잡았다. 우리는 서로를 붙잡고 진흙탕 위를 미끄러지면서도 필사적으로 뛰었다. 번개에 겁을 먹어선지 모든 것이 댄스파티의 조명처럼 번쩍거려서 눈을 제대로 뜰 수 없었다. 바람이 뒤꿈치를 스쳤다. 바로 앞에 죽은 자의 동굴이 시커먼 입을 쩍 벌리고 있었다. 소년을 재빨리 끌어당겼다. 우리는 함께 동굴 속으로 뛰어 들어갔다. 밖에서 나무가 굉음을 내며 쓰러졌다. 차가운 바위 위에 엎드린 내 몸에도 진동이 느껴졌다. 공기 중에 탄 냄새가 자욱했다. 장작을 때거나 불꽃놀이를 할 때 나는 냄새였다.

멍한 상태로 천천히 몸을 일으켜 앉았다. 입에 들어간 흙먼지를 뱉었다. 먹먹한 귀 옆으로 소년의 눈길이 느껴졌다. 소년 쪽으로 고개를 돌렸다.

"촐리머룸."

소년도 앉으며 나지막이 말했다. 진지한 표정이 갑자기 몇 년은 훌쩍 늙어버린 것 같았다. 창의 한쪽 끝에 붙은 부싯돌을 가슴에 대고 툭툭 쳤다. 심장이 있는 자리였다.

"고맙다."

소년이 속삭였다. 창끝 부싯돌로 내 가슴도 두드렸다. 축축한 티셔츠를 뚫고 돌의 냉기가 스며들었다. 뒤로 물러나지 않았다. 그럴 필요가 없었다. 나는 어느덧 소년을 진심으로 믿고 있었다.

"고맙다."

소년이 다시 한번 말했다.

"별것도 아닌 것 같고, 뭘."

나도 모르게 눈물이 흘러내렸다. 소년에게 들키기 전에 얼른 닦았다. 손가락이 떨렸다.

몸을 돌려 쓰러진 나무와 쏟아지는 빗줄기 사이로 동굴 밖을 힐끔 보았다. 번개가 치자 숲이 오래된 영화처럼 깜빡거렸다. 숲이 순간적으로 환해질 때마다 움찔했다. 천둥소리는 조금도 익숙해지지 않았다.

사실 폭풍우 치는 날을 좋아했다. 하지만 이 폭풍만은 예외였다. 폭풍우가 치는 날이면 따뜻한 집에서 엄마 아빠와 꼭 붙어 있었다. 하늘에 펼쳐지는 거대한 불꽃놀이에 '오오오오오' 나 '와아아아아' 같은 탄성을 함께 내질렀다.

"집에 가고 싶다."

아늑한 집이 간절했다. 날 돌봐주는 손길이 그리워서 미칠 지경이었다. 서글픔이 밀려왔다.

천둥이 길고 낮게 울렸다.

"폭풍우 목소리."

고개를 떨구며 웅얼거렸다. 소름 돋은 팔뚝 위로 눈물이 한 방울 툭 떨

어졌다. 얼른 눈물을 닦았다. 시간은 얼마나 지났을까? 병원에서도 폭풍
우를 보고 있을까? 엄마 아빠도 내가 보고 싶을까? 티셔츠로 처량하게 눈
물을 훔쳤다. 어떻게 해야 집으로 돌아갈 수 있을까?

또다시 눈앞이 번쩍했다. 나는 두 눈을 질끈 감았다. 폭풍우도 동굴도
다 잊고 싶었다. 야광조끼를 입은 숲 안전요원들이 내 이름을 외치는 모
습을 상상했다. 죽은 자의 동굴을 향해 덤불을 헤치며 다가오는 소리를
상상했다. 마침내 어둠 속에서 날 찾아낸 손전등의 환한 불빛.

"이 녀석, 여기 숨어 있었구나."

그들은 보온병에서 뜨거운 코코아를 따라 내게 건넨다. 비상용 보온 담
요로 날 감싼다. 무전기로 엄마 아빠에게 연락해 다 잘 되었다고 말한다.
나를 찾았고, 다 괜찮다고 전한다.

무시무시한 천둥소리에 눈이 번쩍 뜨였다. 전혀 괜찮지 않았다. 달라진
것은 아무것도 없었다. 이 이상한 숲에는 여전히 폭풍우가 휘몰아치고 있
었다.

그 순간, 나는 어안이 벙벙해진 채 숨을 죽였다.

강변에 누군가 있었다! 빗속을 빠르게 달려가는 그림자가 어렴풋이 보
였다.

20. 죽은 자의 동굴

"저기요! 잠깐만요!"

나는 자리에서 벌떡 일어나서 외쳤다.

그림자가 멈칫했다. 앞이 안 보이는 빗줄기 사이로 눈을 가늘게 뜬 채 손을 흔들었다.

"저기요! 이쪽으로 좀 와주세요! 도와주세요!"

내 목소리가 들릴 것 같지 않았다. 그림자는 강변 모래밭에서 무언가 줍더니 나무 사이로 사라졌다.

동굴 앞에 쓰러진 나무 가지를 밀어내며 폭우를 뚫고 달려갔다.

"돌아와요!"

목이 터져라 외쳤다. 하지만 퍼붓는 빗소리와 땅을 뒤흔드는 천둥소리에 목소리가 파묻혔다.

눈을 비비며 사방을 둘러보았다. 그림자는 아무데도 보이지 않았다. 내 자신이 의심스럽기 시작했다. 헛것을 본 걸까? 번쩍이는 번갯불의 장난일까?

"혹시 너도 봤어?"

소년에게 슬쩍 물었다.

소년은 대답이 없었다. 동굴 입구 옆 움푹 들어간 곳으로 물러나며 눈을 감고 헐떡일 뿐이었다. 나는 동굴 안으로 들어갔다. 또다시 번개가 번쩍이며 소년 뒤편 동굴 벽을 순간적으로 밝혔다.

"오!"

놀라움에 말문이 막혔다. 두 손으로 입을 틀어막았다.

있을 수 없는 일이었다. 나는 이 동굴을 알았다. 불가능한 일이었다.

동굴 벽이 그림으로 뒤덮여 있었다. 책장을 빠르게 넘기면 그림이 움직이는 책처럼 번쩍일 때마다 그림이 살아 움직이는 것 같았다.

빛은 서서히 옅어졌다. 조금 더 보아야 했다! 아빠 가방을 열어젖히고 뒤지기 시작했다. 손전등이 있었다. 바로 전원 스위치를 눌렀다.

"윽, 아빠."

나는 이를 꽉 물었다. 건전지가 다 닳았는지 불이 켜지지 않았다. 엄마는 항상 아빠한테 건전지를 제때 바꾸지 않는다고 잔소리를 했다.

"아빠는 정말 못 말린다니까."

손전등을 손바닥에 내리쳤다. 가느다란 빛이 희미하게 깜빡거렸다. 그거면 충분했다. 손전등을 높이 들고 동굴 벽의 그림을 유심히 둘러보았다.

단순한 그림이 아니었다. 이야기가 있었다. 긴 다리로 껑충껑충 달리는 사냥꾼은 붉은 수사슴을 쫓고 있었다. 나뭇가지처럼 아름다운 뿔을 가진 사슴이었다. 사슴의 부드럽게 굴곡진 다리에서 근육의 힘이 느껴졌다. 사슴은 빠르게 달리고 있었다. 붉은 수사슴 앞으로 다른 사슴 한 마리가 보였다. 조금 더 어린 사슴이었다. 뿔도 작고 힘도 약해보였다. 어린 사슴은 뒤를 돌아보고 있었다. 사냥꾼을 보는 게 아니었다. 두 눈은 창을 향하고 있었다. 사냥꾼의 손을 떠나 둥근 호를 그리며 날아오는 창. 겁에 질려 어쩔 줄 모르는 사슴의 심장을 정확히 겨누며 날아오는 창.

"창."

나는 혼잣말을 내뱉었다. 손전등 불이 점점 더 희미해지더니 툭 꺼져버렸다.

"안 돼!"

동굴 벽에 손전등을 쾅쾅 내리쳤다. 조금 더 보고 싶었다. 어둠 속에서 금방이라도 꺼질 듯한 약한 빛이 깜빡거렸다.

"와우!"

놀라운 광경에 이끌려 동굴 속으로 더 깊이 들어갔다. 물고기가 튀어 오르고 독수리가 급강하했다. 벽은 생생하게 살아 있었다. 스라소니와 곰과 엘크라 불리는 큰 사슴과 늑대와 내가 모르는 수많은 동물이 보였다. 한때 맨델 숲에 살았던 동물들이었다. 사람도 있었다. 소년과 생김새가 비슷했다. 머리가 부스스하고 동물 가죽 옷을 입고 투박한 손으로 창을 들었다.

"쇼베! 라스코!"

《야생》 책에서 비슷한 그림을 본 기억이 났다. 수만 년 전에 그려진 프랑스의 유명한 쇼베 동굴과 라스코 동굴의 벽화였다.

"석기 시대 동굴 벽화야."

손전등이 꺼졌다. 동굴 안은 완전히 깜깜해졌다. 밖에서 천둥소리가 울렸다.

마침내 어둠 속에서 날 바라보며 내 눈길을 기다리는 벽의 진실을 알아차렸다.

"석기 시대에 온 거야."

숨이 가빠왔다. 공기가 서늘하고 물기를 머금은 듯했다. 이끼와 버섯 냄새가 났다. 천장에서는 물이 똑똑 떨어졌다. 마치 시계의 초침 소리 같았다.

"석기 시대에 오다니."

두려움과 흥분이 나를 감쌌다.

"그리고 너는…."

잠든 듯 웅크린 소년의 흐릿한 실루엣을 실눈을 뜨고 바라보았다.

"석기 시대에 사는 진짜 석기 시대 소년이야."

몸이 부르르 떨리면서 피식 웃음이 터졌다. 딸꾹질이 나오고 속이 울렁거리면서 머릿속이 뒤죽박죽 섞였다. 이 모든 일이 동시에 일어났다.

그때 낯선 소리가 들렸다. 천천히 고개를 돌려 귀를 기울였다. 동굴 안쪽에서 들리는 소리였다. 죽은 자의 동굴 깊숙한 곳에서.

21. 으르렁

"거기 누구 있어요?"

어둠 속에서 떨리는 목소리로 외쳤다.

돌아오는 소리는 미친 듯이 뛰는 내 심장박동 소리뿐이었다.

식은땀이 나면서 손이 축축해졌다.

소리가 또다시 들렸다. 훌쩍이는 소리였다. 마치… 새끼 고양이 소리 같았다. 최대한 안 무서운 동물을 상상하려고 애쓴 결론이었다. 깜깜한 동굴 속에서 눈만 껌뻑이며 망설이다 다시 동굴 입구 쪽으로 돌아서 뛰었다. 하지만 끈적한 바위에 다리가 걸리면서 대자로 넘어지고 말았다.

양 손바닥이 얼얼했다. 숨을 헐떡이며 똑바로 앉았다. 무릎을 만져보니 피가 묻어났다. 동굴 어디선가 물 흐르는 소리가 들렸다. 졸졸졸 소리가 마치 나를 비웃는 것 같았다. 마음을 가라앉히려고 손을 가슴에 올리고 심호흡했다.

동굴 깊은 곳에서 낑낑거리는 소리가 또다시 들렸다. 그 순간 이 소리가 무슨 소리와 가장 비슷한 지 떠올랐다. 바로….

"아기?"

나는 혼잣말을 내뱉었다.

소년의 아기 여동생. 나나?

비틀비틀 자리에서 일어났다. 무릎이 따끔해서 움찔했다.

소리가 또 들렸다. 이번에는 낮게 으르렁거리는 소리였다. 아까보다 훨씬 가깝게 들렸다. 고개를 드니 동굴 입구에 거대한 개의 형체가 어렴풋이 보였다. 나는 그 자리에 얼어붙었다.

숨을 참고 마음속으로 되뇌었다. 네로처럼 순하고 사람을 좋아하는 개일 거야.

으르렁 소리가 점점 거칠어졌다. 동굴 벽화에서 본 야생 동물이 떠올랐다. 석기 시대에 사람에게 길들여진 개 따위는 없었다. 마른침을 삼켰다. 숨이 점점 가빠왔다. 심지어 개가 아니었다. 늑대였다.

늑대는 거대한 몸을 납작하게 땅에 붙인 채 살금살금 다가왔다. 어둠 속에 으르렁거리는 소리가 울려 퍼졌다. 몸이 움직이지 않았다. 움직일 수 있어도 빠져나갈 구멍이 없었다. 늑대가 동굴 입구 쪽을 막고 있었다. 심장이 터질 것 같았다. 꼼짝없이 갇힌 것이다! 동굴 속에 갇혀버렸다! 비릿한 냄새가 났다. 쇠 냄새 같기도 하고 피 냄새 같기도 했다. 공기를 가르는 늑대 소리는 더욱 사나워졌다. 번갯불에 하얗게 번뜩이는 늑대의 이빨이 얼핏 보였다. 결정을 내려야 했다. 더 깊숙한 곳으로 도망쳐 다른 출구가 있는지 찾는 수밖에 없었다.

늑대가 갑자기 머리를 뒤로 젖히고 울부짖기 시작했다. 소리가 너무 커서 뼛속이 다 울렸다. 나는 얼굴을 두 팔로 감싸고 귀를 막았다.

"누우우우우우우우 어우우우우우우."

늑대가 외쳤다. 꼭 누구 없냐고 묻는 것 같았다. 하지만 없지 않았다. 숲에 있는 늑대라는 늑대는 모조리 대답을 하듯 따라서 울부짖었다. 늑대 소리가 실린 공기가 동굴 속으로 물결치듯 밀려오는 게 보일 지경이었다.

늑대는 혼자가 아니었다. 혼자인 건 나였다.

나는 바닥에 쭈그리고 앉았다. 숨죽인 채 먹잇감의 냄새를 풍기지 않으려고 몸을 웅크렸다.

늑대가 동굴 밖으로 고개를 돌렸다. 비 냄새 자욱한 공중으로 콧구멍을 벌름대며 귀를 씰룩거렸다. 아무래도 날 보지 못 한 것 같았다. 이제 무리에 합류하기 위해 늑대는 밖으로 나갈 것이다.

'좋아. 좋아.'

마음속으로 되뇌었다. 늑대에 관한 이야기를 읽은 적 있었다. 늑대가 사람을 공격하는 경우는 굉장히 드물었다. 《야생》에서 분명히 읽었다. 번개에 맞을 확률보다 낮은 것이 늑대에게 공격당할 확률이라고 했다. 그때 눈앞에 번개 맞아 쓰러진 나무가 보였다. 나는 침을 꿀꺽 삼켰다.

소리가 다시 들렸다. 어두운 동굴 깊은 곳에서 가냘프게 우는 소리. 늑대가 내 쪽으로 고개를 홱 돌리더니 몸을 낮추어 어슬렁어슬렁 다가왔다. 귀를 뒤통수에 납작하게 붙이고 꼬리를 늘어뜨린 채 으르렁 소리도 내지 않았다. 희끄무레한 빛조차 사라진 어둠 속에서 늑대가 눈에 보이지 않자 머릿속이 새하얘졌다. 탁 탁 탁 늑대 발톱 소리만 들릴 뿐이었다.

입이 말라 침을 삼킬 수도 숨소리를 낼 수도 없었다. 하지만 두려움에 사로잡히는 게 최악의 선택이라는 것은 알았다. 늑대에 대해 아는 다른 사실을 떠올리려고 애썼다. 늑대를 맞닥뜨렸을 때의 행동 요령을 들은 적 있었다. 늑대보다 행동을 크게 해서 늑대가 공격할 생각을 못 하게 만들 거나 최대한 행동을 작게 해서 늑대가 위협을 느끼지 않게 해야 했다. 늑대가 낮게 으르렁거리기 시작했다. 몸이 진동했다. 행동을 크게 해야 하나, 작게 해야 하나. 그게 기억이 나지 않았다! 어떻게 해야 하지?

나는 크게 하는 쪽을 선택했다.

자리에서 벌떡 일어나 있는 힘껏 크게 소리를 질렀다.

22. 늑대

"저리 가! 꺼져! 집에 가라고!"

목소리가 동굴 벽에 팅기며 울려 퍼졌다.

"가라고…. 가라고…. 가라고…."

늑대의 으르렁 소리는 사나운 포효로 바뀌기 시작했다.

"꺼져어어어어어어어!"

나도 똑같이 맞받아쳤다.

돌바닥에 닿는 발톱 소리가 들렸다.

탁

탁

탁

"가라고! 집에 가!"

다시 목청껏 소리쳤다. 목소리가 갈라졌다.

나는 슬금슬금 뒤로 물러났다. 희미한 한 줄기 빛도 없는 어둠 속에서
보이지는 않아도 소리로 알 수 있었다. 늑대는 가까이 있었다. 낮게 으르

렁거리는 소리. 소리라기보다는 기적에 가까웠다.

등이 동굴 벽에 부딪혔다. 티셔츠로 축축한 냉기가 스며들었다. 눈물이 나올 것만 같았다. 숨이 잘 쉬어지지 않았다.

"집에 가라고!"

늑대를 향해 필사적으로 소리쳤지만 늑대는 점점 가까이 다가왔다. 비릿한 누린내가 미지근하게 코끝에 닿았다.

집! 나야말로 집에 가고 싶었다….

순식간에 자갈이 사방으로 튀고 미세한 콧김이 훅 끼쳤다.

나는 옆으로 넘어진 채 늑대의 무게에 짓눌렸다. 늑대의 뜨끈한 숨에서 고약한 고기 냄새가 풍겼다. 털과 근육 때문에 숨을 쉴 수 없었다. 번뜩이는 눈동자가 정확히 내 눈을 보고 있었다. 폐에 공기가 차는 게 느껴졌다. 나는 온몸을 비틀며 몸부림쳤다. 손가락이 늑대의 두툼한 털 속으로 쑥 들어갔다. 양손으로 털을 한 움큼 잡았다. 늑대가 머리를 세차게 흔들어대는 바람에 손을 놓쳤다. 다시 주먹을 쥐고 마구 휘둘렀다. 늑대는 사납게 으르렁거리며 내 몸 위에 완전히 올라탔다. 발톱이 칼처럼 어깨를 파고들었다. 비명을 지르며 늑대를 떼어내려고 발로 찼다. 늑대는 조금도 움직이지 않았다.

내 소리는 작은 동물 같았다. 먹잇감이 된 동물의 비명이었다.

그때 푹 소리가 들렸다. 늑대가 괴성을 질렀다. 날 누르던 늑대의 육중한 몸이 그대로 쓰러졌다. 늑대는 턱을 덜덜거리며 머리를 마구 흔들었다. 나는 늑대 아래 깔린 채 꿈틀거렸다. 오른팔을 간신히 빼내 얼굴을 막았다. 늑대는 날카로운 이빨을 갈고 있었지만, 힘이 점점 빠져가는 게 느껴졌다. 오른팔과 양다리로 온 힘을 다해 늑대를 밀쳤다. 늑대가 옆으로 굴러떨어졌다. 나뭇가지가 꺾이는 것처럼 우지끈하며 무언가가 부러졌다. 늑대의 몸 안에서 살덩이가 끔찍하게 갈라지는 소리가 났다. 늑대는 크게 숨을 내뱉더니 더 이상 움직이지 않았다.

나는 늑대 옆에 누워 숨을 헐떡였다. 손을 쥐었다 펴며 떨리는 손가락을 털었다. 온몸이 아팠지만 살아 있었다. 믿기지 않았다. 나는 거의 죽은 목숨이었다. 죽기 일보 직전이었다. 어떻게 된 일인지⋯ 나는 여전히 여기에⋯ 살아 있었다.

쌕쌕거리는 숨소리가 들렸다. 어둠 속에서 간신히 일어나 앉았다.

"거기 누구죠?"

나는 숨죽여 말했다.

23. 수고했어

누군가 컹컹 기침을 했다.

"촐리머룸?"

걸걸한 목소리가 들렸다.

갑자기 눈물이 핑 돌았다. 코를 훌쩍이며 입술을 깨물었다. 하지만 눈물을 참을 수 없었다. 흐느낌이 새어나왔다.

"울어, 촐리머룸?"

어둠 속에서 소년이 말했다.

"그래."

도무지 내 목소리 같지 않은 코맹맹이 소리로 대답했다.

"울지 마, 촐리머룸."

소년이 속삭였다.

절뚝거리는 발소리가 들렸다. 뿌연 눈앞에 소년의 실루엣이 어렴풋이 보였다. 소년이 옆에 와 앉았다. 온기가 느껴졌다. 사람 냄새가 났다. 고개를 돌려 소년을 보았다. 무슨 말을 하려고 입을 열었지만 아무 말도 나오지 않았다.

"울지 마, 촐리머룸."

소년이 다시 말했다. 그리고 내 젖은 뺨을 쓰다듬었다. 손이 거칠었지만 손길은 부드러웠다.

눈물이 그칠 생각을 하지 않았다. 어깨가 들썩거렸다.

"늑대 숨 멎었어, 촐리머룸."

소년이 내 손을 생명이 떠난 늑대의 몸에 부드럽게 갖다 댔다. 손을 빼려고 했지만 소년의 손아귀가 꿈쩍도 하지 않았다. 내 손을 단단히 잡고 털이 수북한 늑대의 가슴으로 가져갔다. 아직 채 식지 않은 몸은 끈적한 피로 얼룩져 있었다. 나는 손을 오므렸다. 소년은 여전히 손을 놓지 않았다.

"늑대 영혼 잠들었어. 내가 늑대 죽였어."

소년이 속삭였다.

"알아. 고마워."

나는 콧물을 닦았다.

손을 뻗어 늑대의 몸을 관통한 창을 꽉 쥐었다. 어둠 속에서 창을 빠르고 정확하게 던진 사람이 나라면 어땠을까 상상했다. 소년도 창을 잡았다. 우리는 함께 늑대의 몸에서 창을 비틀어 빼냈다.

소년이 늑대의 찢어진 털가죽을 손바닥으로 감쌌다.

"수고했어."

나에게 하는 말이라고 생각했지만 곧 늑대에게 하는 말인 걸 알아차렸다.

"뭐가? 늑대는 날 죽이려고 했잖아."

티셔츠로 눈을 닦으며 물었다.

소년은 말이 없었다. 내 말을 듣지 못 한 건지, 듣고도 이해를 못 한 건지 알 수 없었다. 한참 뒤 소년이 입을 열어 또박또박 말했다.

"늑대 영혼 열심히 했어. 수고했어."

나는 고개를 저었다.

"네가 훨씬 수고했어."

소년은 대답하지 않았다.

소년에게 창을 건네려다가 내 손에 창이 절반밖에 들려있지 않은 것을 알았다.

"오, 이런. 네 창! 창이 부러졌어! 어떡하냐?"

쪼개진 창을 손으로 쓸어내렸다.

소년은 두 동강 난 창을 손에 쥐고는 어둠에서 이리저리 돌려보았다. 창은 소년의 일부였다. 소년의 눈치를 보며 잠자코 있었다. 소리를 치거나 울거나 어쩌면 날 한 대 칠지도 몰랐다. 소년은 아무것도 하지 않았다. 입도 뻥긋하지 않았다. 자리에서 일어나 절뚝절뚝 천천히 동굴 입구 쪽으로 향했다. 문득 폭풍이 지나갔다는 걸 깨달았다. 소년은 신비로운 늙은 호박색 빛이 비치는 동굴 입구에 서서 사슴 가죽옷에 부러진 창의 날을 닦았다.

나는 비틀거리며 소년에게 다가갔다. 동굴 밖은 이제 보슬비만 흩뿌릴 뿐이었다. 어디선가 찌르레기가 울었다. 흔들리는 나뭇가지 사이로 석기 시대 풍경을 바라보았다. 아주 오래되었지만 모든 것이 새로웠다. 거친

111

호흡이 점점 가라앉았다. 솜털 구름이 떠가는 하늘과 끝없는 숲 그리고 소년. 소년의 옆모습을 슬쩍 훔쳐보았다. 이마에는 여전히 파란 천 붕대가 살짝 말린 채 감겨 있었다. 이곳은 소년의 세계였다. 소년은 거친 야생에서 살아남는 법을 알았다. 나 혼자였다면 죽었을 것이다. 살아남지 못했을 것이다.

"네가 날 살렸어."

나지막이 말했다.

소년은 날 보며 우스꽝스럽게 어깨를 들어 올리는 시늉을 했다.

"너도 날 살렸어."

소년이 머리에 두른 붕대를 만지작거렸다. 또 한번 어깨를 살짝 들어올렸다.

"살렸어."

나는 소년의 말을 따라했다. 소년의 말이 맞았다. 내가 아니었으면 소년은 죽었을 것이다. 나도 소년을 살렸다. 우린 비긴 셈이었다.

이제 어쩌면 우리는… 친구였다. 가슴 한 구석이 간지러웠다. 비키와 라몬트가 뭐라고 할까? 내 석기 시대 친구에 대해! 나는 고개를 저었다. 도무지 믿기지 않는 마음과 설렘이 반반이었다. 소년이 날 보는 눈길이 느껴졌다. 나도 소년을 흘끔 쳐다보았다. 어떤 떨림이 얼얼하게 뼛속을 훑었다. 두려움? 흥분? 놀라움? 나도 잘 모르겠다.

24. 하비

나는 어깨 상처를 연신 어루만졌다. 어둠 속 죽은 늑대의 흐릿한 실루엣에 몸서리가 쳐졌다. 당장 동굴 밖으로 나가고 싶었다. 당장.

"우리 여기서 나가자."

"어디로?"

소년이 고개를 갸웃거리며 기대에 찬 눈으로 날 보았다. 어디로 가야할지 내가 안다고 생각하는 듯 했다.

"일단 나가자!"

큰소리는 쳤지만 소년의 눈을 슬쩍 피했다. 동굴 입구에 쓰러진 나무의 무성한 가지를 손으로 헤쳤다. 마음이 복잡했다. 기억을 잃은 소년은 날 의지하고 있었다. 하지만 나는… 이곳은… 석기 시대였다. 석기 시대! 도대체 어떻게 이 석기 시대의 숲을 빠져나가 집으로 돌아가지?

다리를 절뚝거리며 황금빛 공기 속 보슬비 사이로 발걸음을 옮겼다.

"어디로 가야 하나?"

작게 혼잣말을 내뱉었다. 뾰족 바위 쪽으로 무작정 걸었다. 곳곳에 쓰러

113

진 나무들을 멍하게 바라보며 머리를 굴렸다.

문득 뒤따라오던 발걸음 소리가 들리지 않는다는 걸 깨달았다. 나뭇잎 사이로 눈을 가늘게 뜨고 두리번거렸다. 소년이 죽은 자의 동굴 옆으로 넓게 펼쳐진 바위 위를 절뚝거리며 오르고 있었다. 원래 숲이라면 다리가 있어야 할 곳 부근이었다. 어딜 가는 거지?

"이쪽이야! 날 따라와!"

숲에서 울려 퍼지던 늑대 소리를 떠올리며 눈은 계속해서 주변을 살폈다.

소년은 내 말이 들리지 않는 듯 계속 바위 위를 올랐다. 이윽고 발을 천천히 끌더니 멈춰 섰다. 덩굴로 뒤덮인 돌벽 앞에서 무언가를 찾듯이 덩굴을 걷어내고 고개를 박았다. 갑자기 소년이 소리를 질렀다.

심장이 쿵쾅거렸다.

"왜 그래? 괜찮아?"

소년이 돌아보더니 씩 웃었다. 폭풍우가 지나간 공기 속에서 소년의 얼굴이 환하게 빛났다.

"촐리머룸! 봐, 촐리머룸! 이것 봐!"

소년의 목소리가 흥분으로 가득찼다.

다리를 절뚝거리며 소년에게 다가갔다. 돌벽에 서로 다른 크기의 손자국이 찍혀 있었다. 소년은 손바닥을 차례대로 대보았다.

"뭐 하는 거야? 보여주려는 게 이거야?"

소년이 눈망울을 반짝거리며 날 보았다. 퍼즐조각처럼 크기가 꼭 들어맞는 손자국에 손을 가만히 대고 있었다.

114

"나야."

소년이 활짝 웃으며 들뜬 목소리로 말했다. 나도 입꼬리가 올라갔다.

"이게 네 손바닥이야?"

소년은 고개를 끄덕였다.

"나야! 내가 기억나!"

소년의 기억력이 돌아왔다!

"잘됐다!"

나는 기뻐서 펄쩍 뛰다가 넘어질 뻔했다. 이제 집으로 돌아가는 길도 찾을 수 있을 것이다.

"다행이다! 네 이름도 기억나?"

소년이 머뭇거리며 중얼중얼 말했다.

"뭐? 잘 안 들려. 한번만 더 말해줘."

이번에는 주먹으로 가슴을 치며 우렁차게 외쳤다. 하지만 알아듣기 힘든 건 마찬가지였다.

"아비?"

자신 없는 표정으로 물었다.

소년이 날 흘겨보며 이름을 더 크게 외쳤다.

"할비…?"

나는 얼버무리며 되물었다.

소년이 고개를 두 번 끄덕였다. 숨이 막히는 것처럼 후후 소리를 냈다. 깜짝 놀라 소년을 쳐다보았다.

숨이 막힌 게 아니었다. 웃음소리였다.

"할비? 하비!"

소년은 날 흉내 내며 키득거렸다.

나도 웃음이 터졌다. 그래도 거의 맞혔다!

"난 촐리머룹!"

소년을 따라 가슴을 탕탕 내리치며 목소리를 걸걸하게 낮게 깔았다.

"난 하비!"

소년이 활짝 웃었다.

"안녕, 하비. 만나서 반갑다!"

나는 킥킥거렸다.

하비가 웃다말고 고개를 갸웃거렸다.

"우리 벌써 만났다."

"제대로 인사해야지."

하비가 씩 웃었다. 우리는 서로 마주보다 시원한 바위에 몸을 기댔다.

비는 그쳤지만 모든 곳에서 여전히 빗방울이 똑똑 떨어졌다. 신선한 공기를 가슴 가득 들이마셨다. 잠시 정적이 흘렀다. 비가 내려 흙탕물이 된 개울의 돌덩이 사이로 물이 콸콸 흘러가는 소리가 들렸다. 하비를 힐끗 보았다. 하비도 곁눈질로 날 보고 있었다. 눈이 마주친 우리는 또다시 웃음을 터뜨렸다. 나는 무엇 때문에 웃는지 알 수 없었다. 하비도 마찬가지일 것이다. 하지만 아무래도 좋았다.

"이제 우리 내려가자. 여기서 떨어져서 목 부러지기 전에."

내가 짓궂은 표정으로 말했다.

하비는 입가에 미소가 남은 채로 고개를 저었다.

"촐리머룸, 넌 누구야? 여기 왜 왔어?"

하비는 내가 박물관에 전시된 표본이라도 되는 듯 호기심어린 얼굴로 유심히 보았다.

하비의 눈에 비친 내 모습을 상상했다. 내 눈에 하비가 이상하게 보인다면 하비에게 나는 천 배는 더 이상하게 보일 것 같았다. 나는 학교에서 석기 시대에 대해 배운 적 있지만, 하비는 나 같은 생명체를 상상해본 적도 없을 것이다. 피투성이 무릎과 진흙 범벅 운동화와 해진 파란 티셔츠를 힐끔 내려다보았다.

"촐리머룸."

나는 소년의 걸걸한 목소리를 흉내 냈다. 피식 웃음이 터졌다. 도저히 납득할 수가 없었다.

"내가 어쩌다 이곳에 오게 된 걸까? 나도 그 이유가 궁금해."

"너도 궁금해?"

하비는 당황한 것 같았다.

갑자기 하비 얼굴이 심각해졌다. 기뻐 날뛰던 몸짓도 빛나던 미소도 자취를 감췄다. 하비가 굳은 표정으로 날 보았다.

"왜?"

하비가 내 눈을 빤히 보며 손목을 잡았다. 마치 독수리 발톱처럼 세게 움켜쥐었다.

"아파!"

나는 손을 빼려고 꿈틀거렸다.

하비는 들은 척도 하지 않았다.

"네가 여기 왜 왔는지 알겠어, 촐리머룸."

하비가 내 귓가에 속삭였다. 간지러워서 몸이 씰룩거렸다.

"뭐?"

하비가 내 손바닥을 돌벽 손자국에 갖다 댔다. 가장 작고 가장 닳지 않은 손자국에 내 손을 포갰다.

"내 여동생 찾는 걸 도우려고!"

하비는 쩌렁쩌렁하게 외치며 내 손을 놓았다.

손을 쓰다듬으며 작은 손자국을 바라보았다. 마음이 무거워졌다.

"나나."

혼잣말로 중얼거렸다.

갑자기 가슴이 뛰기 시작했다.

"나나! 그래! 나나! 하비, 네 말이 맞아. 네 여동생이 어디 있는지 알 것 같아!"

나는 하비의 손목을 하비가 하듯이 꽉 움켜쥐었다.

하비가 고개를 치켜들었다. 이해가 되지 않는다는 듯 실눈을 떴다.

"나나는 저기에 있어."

나는 동굴을 가리켰다.

하비가 놀라움에 말을 잇지 못 하며 눈썹을 들어올렸다.

"나나가? 늑대 굴에?"

하비는 천천히 고개를 저었다.

"그렇다니까. 아까 동굴에서 가냘픈 울음소리를 들었어. 네가 날 구하러 오기 전에. 늑대가 날 공격하기 전에. 아기 울음소리 같았어. 동굴 깊은 곳에서 들렸어."

나는 쓰라린 어깨를 어루만졌다.

"가보자."

소년에게 손짓했다. 이번에는 소년이 날 따라왔다. 바위에서 내려와 나뭇가지 사이를 뚫고 죽은 자의 동굴로 들어갔다. 숨을 크게 들이마시고 하나도 떨리지 않는 척 어깨를 쫙 폈다. 축축한 돌 벽을 한 손으로 짚고 깊은 어둠 속으로 다시 들어갔다.

25. 굴

동굴 벽을 짚고 어둠 속에서 한 걸음씩 뗐다.

돌바닥 위로 끌리는 하비의 맨발 소리가 들렸다. 얼마 안 가 고꾸라진 늑대의 흐릿한 실루엣이 보였다. 숨을 죽이고 늑대를 피해 옆으로 비켜섰다. 피투성이 털과 늑대의 몸에 꽂힌 창이 부러지던 소리를 떠올리지 않으려고 애썼다.

가냘픈 울음소리를 찾아 귀를 기울였다. 하지만 아무 소리도 들리지 않았다. 들리는 거라곤 동굴 천장에서 똑 똑 똑 떨어지는 물방울 소리와 우리의 미지근한 숨소리밖에 없었다. 또다시 내 자신이 의심스럽기 시작했다. 진짜 아기 우는 소리를 들었던가? 불현듯 파스코 선생님의 목소리가 머릿속을 기어 다녔다.

"찰리는 엉뚱한 구석이 있어요. 걸핏하면 자기만의 세계로 빠져들죠."

"아… 좀! 파스코 선생님!"

나도 모르게 소리를 질렀다.

"아… 좀… 파스코…."

뒤에서 하비가 내 말을 따라했다. 마법 주문의 한 대목처럼 비장하게 중얼거렸다.

두려움이 누그러지면서 웃음이 터졌다.

"아! 좀! 파스코!"

나도 크게 외쳤다.

우리는 동굴 깊숙이 더 깊숙이 들어갔다. 흐릿한 빛이라도 비치던 입구와 달리 동굴 속은 완전히 암흑이었다. 귀에 모든 신경이 집중되었다. 뒤에서 들리던 하비의 발걸음 소리가 멈췄다. 나도 멈춰 섰다.

"촐리머룸? 나나 어딨어?"

하비가 말했다.

그리고 그 순간 희미하고 여린 낑낑 소리가 귓가를 스쳤다. 우리는 서로를 붙잡았다.

"나나인가?"

내가 속삭였다.

하비는 말없이 내 앞을 지나 성큼성큼 걸어갔다. 우리는 천천히 발걸음을 옮겼다. 눈 오는 날처럼 서늘한 공기에서 쇠 맛이 났다. 내 눈은 마침내 어둠에 적응이 되었다. 동굴 천장에 까만 고드름처럼 매달린 종유석의 윤곽도 알아차릴 수 있었다.

훌쩍거리는 소리가 점점 더 커졌다. 우리는 숨을 죽이고 소리에 귀를 기울였다. 메아리처럼 소리가 울려 아기가 여럿 있는 것처럼 느껴졌다. 느닷없이 상상의 세계로 빠져들었다. 동굴 깊은 곳에 다라가 나나와 같이 기다리고 있는 건 아닐까. 소리는 금세 희미해졌다.

"서둘러."

하비가 재빨리 움직이며 말했다. 하비의 희망과 간절한 마음이 느껴졌다. 두려움이 뒤섞인 흥분으로 몸이 부르르 떨렸다.

동굴은 점점 낮아져 등을 구부려야 했다. 어느 순간부터는 동물의 굴을 통과하는 것처럼 납작 엎드려 기었다. 공기가 점점 희박해져서인지 숨이 막혔다. 사방에서 날 짓누르는 바위를 생각하지 않으려고 애썼다. 사실 울퉁불퉁한 돌바닥을 기면서 어깨와 무릎이 얼마나 쓰라린지 다른 생각을 할 겨를이 없었다. 상상의 세계로 또다시 도망치려는 순간, 눈앞이 조금 환해졌다.

마침내 좁은 굴에서 몸을 비틀어 나왔다. 굴은 조금 더 큰 동굴로 연결되었다. 달아오른 얼굴로 두리번거렸다. 집에 돌아가면 여기가 어딘지 찾을 수 있을까? 동굴 벽은 감청색으로 어슴푸레하게 빛나고 고래 가죽처럼 축축했다. 위를 올려다보니 거의 집 천장만큼 높았다. 천장에 조그맣게 구멍이 나 있었다. 구멍 사이로 조각하늘이 보였다. 가는 빛살이 조명처럼 하비에게 쏟아졌다. 하비는 바닥에 무릎을 꿇고 앉아 무엇인가를 보았다. 햇살이 동그랗게 밝힌 바닥에… 아기가 아닌… 새끼 개들이 옹기종기 모여 있었다.

"세상에!"

"나나 아니다."

하비가 침울하게 말했다.

"나나가 아니네. 하비, 미안해."

고개를 끄덕이며 하비 옆에 쭈그리고 앉았다.

하비가 한숨을 쉬었다. 우리는 함께 꼬물거리는 작은 생명을 바라보았다.

아직 눈도 못 뜬 새끼였다. 몇 마린지 세어보았다. 머리와 꼬리와 발바닥이 얽히고설켜 정확히 세기가 힘들었지만 여섯 마리쯤 되는 것 같았다. 한 마리가 꼼지락거리며 다른 강아지들 머리를 밟고 위로 올라갔다. 아래쪽에 있던 강아지가 기분이 나쁘다는 듯 잽싸게 자세를 바꿨다. 그 바람에 꼭대기에 선 강아지가 뒤로 자빠지며 굴러 떨어졌다. 하비와 나는 동시에 웃음을 터뜨렸다. 솜털 같은 머리를 부드럽게 쓰다듬었다. 강아지가 앙증맞은 입을 벌려 내 손을 쪽쪽 핥는 소리를 냈다.

갑자기 정신이 번쩍 들었다. 강아지가 아니었다. 늑대였다.

"말도 안 돼. 어미는 어디 있지?"

덜컥 겁이 났다.

하비가 얼빠진 표정으로 날 보았다.

우리는 죽은 늑대가 어미라는 걸 곧바로 알아차렸다. 늑대는 수컷이 아니었다. 암컷이었다. 내가 늑대의 굴에 가까이 다가갔기 때문에 공격한 것이다. 새끼를 지키기 위해서. 정당방위였다. 공격이 아니라 방어였다.

굴러 떨어진 새끼를 손으로 조심스럽게 감싸 품에 안았다. 손바닥에 여린 심장 박동이 느껴졌다.

"정말 정말 미안해."

새끼 늑대의 작고 보드라운 귓가에 속삭였다.

새끼가 손바닥에서 꿈틀거렸다. 눈도 못 뜬 녀석은 들리지도 않는 것 같았다. 완전히 무방비상태였다. 태어난 지 얼마 되지 않은 아기였다. 다라

123

가 떠올랐다. 병원에서 쉴 새 없이 빽빽 울어대던, 배를 내밀고 발버둥 치던 다라. 눈물이 고였다.

"미안해. 정말 몰랐어."

다시 한번 속삭였다.

우리는 새끼 늑대의 어미를 죽였다. 어미 없이 새끼들은 살아남기 힘들 것이다. 눈물이 뺨을 타고 흘러내렸다.

새끼 늑대가 내 품을 파고들며 곯아떨어졌다. 어쩌면 다라도 울음을 그치고 내 팔에서 쌔근쌔근 잠들었을지 모른다…. 다라를 이렇게 꼭 안아주었더라면.

새끼손가락으로 완벽하게 부드러운 귀뿌리를 살살 쓰다듬었다. 뜨끈한 늑대의 살 냄새가 났다. 새끼들을 이대로 두고 갈 수 없었다. 보살피고 싶었다. 우리가 망쳐놓은 늑대 가족을 지켜주고 싶었다.

꼬물거리던 새끼들이 잠잠해졌다. 하비가 부러진 창으로 녀석들을 둘러싸고 원을 그렸다. 새끼 늑대들은 마음이 편안해졌는지 하나 둘 잠이 들었다.

"지켜줄게."

보드라운 머리를 쓰다듬으며 나지막이 말했다.

"가자!"

하비가 날 보며 굴 쪽을 향해 고개를 까딱했다.

새끼 늑대의 머리에 살살 입을 맞추고 잠든 형제들 틈에 조심스럽게 내려놓았다. 녀석의 온기로 데워진 가슴팍이 서서히 식었다. 녀석은 아늑한 자리를 찾아 졸린 눈으로 꼼지락거렸다. 새끼 늑대들은 커다란 털 뭉치 같았다. 눈을 떼지 못 한 채 이렇게 옹기종기 모여 있던 우리 가족을 떠올렸다.

"가자, 촐리머룸. 가자."

하비가 재촉하며 팔을 잡아당겼다.

발이 떨어지지 않았다. 잠든 새끼들의 머리만 하염없이 쓰다듬었다.

하비가 내 팔을 놓고 좁은 굴 쪽으로 절뚝거리며 걸어갔다. 숨을 크게 들이쉬고 무릎을 꿇고 굴속으로 기어 들어갔다. 나는 무거운 마음으로 돌아섰다.

굴 입구에서 흙먼지가 뿜어져 나왔다. 하비가 허둥지둥 굴에서 빠져나왔다.

"가! 가! 가!"

하비는 눈이 휘둥그레진 채 절뚝거리며 소리쳤다.

"가, 촐리머룸!"

하비가 동굴 벽 쪽으로 내 팔을 끌어당겼다. 부러진 창을 입에 물고 양손으로 벽에 튀어나온 작은 돌부리를 잡고 펄쩍 뛰었다. 발로 벽을 긁으며 디딜 곳을 찾았다. 둥글게 뚫린 천장 구멍을 향해 기어오르며 날 향해 뭐라고 소리쳤다.

"뭐? 무슨 말인지 모르겠어."

나는 하비를 따라 미끄러운 동굴 벽에 튀어나온 돌부리를 찾으며 외쳤다.

"느대! 느으으대!"

입에 창을 문 소년의 눈동자가 겁에 잔뜩 질려 있었다.

"뭐라고?"

소년이 입에서 창을 뺐다.

"늑대! 늑대!"

그 순간 퍼뜩 떠오르는 사실이 있었다. 늑대는 홀로 다니지 않는다. 무리 생활을 하는 동물이었다. 내 귀에도 울부짖는 소리가 들리기 시작했다. 좁은 굴에서 늑대 울음 소리와 발소리가 울려 퍼졌다. 죽은 어미 늑대의 무리가 다가오고 있었다.

26. 무리

온몸에 아드레날린이 솟구쳤다. 생각할 시간이 없었다.

돌부리를 찾아 동굴 벽을 미친 듯이 더듬었다. 벽은 너무 매끄럽고 미끄러웠다.

"못 해. 못 하겠어."

머리가 하얘졌다.

천장 가까이에 매달린 하비가 계속 소리를 질렀다. 늑대 새끼들이 잠에서 깨어나 낑낑거리며 울기 시작했다.

달려가 점프하며 벽에 매달려보려고 했지만 아무리 해도 미끄러져 자빠질 뿐이었다. 나무를 수백 번 타봤는데도 이건… 차원이 달랐다.

"초리머루!"

하비가 날 향해 팔을 뻗었다. 하지만 잡을 도리가 없었다.

늑대 무리의 발소리가 점점 가깝게 들렸다.

"어떡해!"

"빨리!"

하비가 창을 여전히 입에 문 채 다급하게 외쳤다. 아래쪽 돌부리를 손으로 가리켰다.

바닥에서 뛰어 올라 간신히 돌부리를 잡았다. 어깨가 불에 덴 듯이 쓰라려 이를 꽉 물었다. 발로 벽을 더듬어 발가락을 겨우 걸칠 만한 홈을 찾았다. 발가락에 온 힘을 실었다.

"이제 또 어딜 잡지?"

손과 눈으로 동굴 벽을 정신없이 더듬었다.

"빠리, 초리머루!"

하비가 위태롭게 몸을 숙여 다른 돌부리를 가리켰다.

나는 조금씩 위로 올라갔다. 하지만 여전히 바닥과 가까웠다. 돌바닥을 긁는 늑대의 발톱 소리가 들렸다. 목 깊은 곳에서 나오는 으르렁 소리와 헐떡이는 숨소리가 귓가에 닿았다.

"초리머루, 여기!"

하비가 또다시 팔을 쭉 뻗었다. 어서 잡으라고 손을 흔들었다.

"못 하겠어."

도저히 발을 뗄 수 없었다. 나는 그 자리에 얼음처럼 굳어버렸다.

첫 번째 늑대가 동굴 속으로 뛰어 들어왔다. 등 뒤에서 날카로운 발톱 소리가 들렸다. 하비의 얼굴이 급격히 어두워졌다. 늑대는 날 향해 직진했다. 내가 매달린 위치는 충분히 높지 않았다. 아니 전혀 높지 않았다.

"뛰어, 초리머루!"

하비가 내 눈을 뚫어져라 보았다. 발가락으로 깊은 홈을 박차고 온 힘을 다해 점프했다. 하비의 손에 손가락이 닿았다. 하비가 내 손목을 꽉 움켜쥐었다. 발이 공중에서 버둥거렸다. 늑대도 펄쩍 뛰었다. 반사적으로 무릎을 들어 올렸다. 늑대는 동굴 벽에 퍽 소리가 날 정도로 세게 부딪쳤다. 미친 듯이 으르렁거리며 다시 뛰었다.

하비가 내 손목을 잡은 채 내 눈에서 눈을 떼지 않았다. 날 끌어올리며 계속 소리쳤다. 늑대는 벽으로 달려들었다가 바닥으로 자빠지기를 반복했다. 마침내 천장 가까이에 튀어나온 선반 같은 바위 턱에 올라섰다. 얼이 빠진 채 그대로 엎드렸다. 하비가 날 발로 툭 쳤다. 하지만 도저히 몸이 움직이지 않았다. 아래쪽을 힐끗 보았다. 늑대는 포기한 듯 가만히 서서 날 노려보았다. 나머지 무리가 동굴로 뛰어 들어왔다. 늑대들은 서로 물고 할퀴며 뒹굴었다.

무리 중 한두 마리가 낑낑거리는 새끼들을 향해 코를 킁킁거렸다.

"가자, 초리머루."

하비는 날 부축해 일으켰다.

하비 손을 잡고 천장을 향해 나머지 벽을 타고 올랐다. 여기까지 오는 것보다는 덜 힘들었다. 하비는 이제 손과 발을 척척 짚었다. 우리는 천장에 난 구멍 사이로 기어나갔다. 따뜻한 오후 햇살이 우릴 비췄다.

하비가 기침을 하며 입에서 창을 뺐다. 우리는 구멍 옆 이끼 위에 벌러덩 드러누워 숨을 헐떡였다. 이끼가 빗물을 머금어 촉촉했다. 숨을 쉴 때마다, 심장이 뛸 때마다 온몸이 아팠다.

아래쪽 동굴에서 늑대 한 마리가 울부짖었다. 어둠을 뚫고 동굴 밖으로 퍼지는 울음소리에 슬픔이 가득해 소름이 돋았다. 늑대는 잠시 후 울음을 그쳤다. 완전히 침묵했다. 기다리는 듯 했다.

다른 늑대가 울부짖기 시작했다. 울음이 채 끝나기 전에 다른 늑대가 울었다. 그 소리가 끝나기 전에 또 다른 늑대가 울었다. 새끼가 우는 소리도 들렸다. 새가 지저귀는 듯한 소리가 울부짖는 소리에 섞였다. 첫 번째 늑대가 다시 우짖었다. 그는 무리를 이끌고 있었다. 늑대들의 울음소리는 차츰 잦아들었다. 새끼 늑대만 삑삑거릴 뿐이었다. 합창의 마무리를 배우지 못 한 것처럼.

"오우."

하비가 말했다. 그러고는 또다시 입을 닫았다.

우리는 살금살금 구멍으로 기어가 동굴 속을 들여다보았다. 늑대들이 우글거렸다. 서로 물고 할퀴느라 정신없었다. 늑대는 새끼들을 둘러싸고 동그랗게 모여 있었다. 새끼를 핥으며 입과 코를 비볐다. 한 마리가 몸을 옆으로 눕혀 뾰족한 주둥이로 새끼들을 쿡쿡 찔렀다. 새끼 두 마리가 다가와 게걸스럽게 젖을 빨았다. 다른 암컷 늑대들도 새끼 옆에 모로 누워 젖을 먹였다. 놀라운 광경이었다. 새끼들은 작고 어렸지만 어떻게 해야 할지 정확히 알았다. 늑대들이 하나하나 차례로 누웠다. 발바닥과 귀와 꼬리와 배와 등과 주둥이가 섞였다. 동굴 바닥은 회색 털로 뒤덮였다.

한 마리만이 무리 한쪽에 홀로 서 있었다. 몸집이 크고 털색이 짙었다. 귀 한쪽이 찢어져 있었다. 아까 날 향해 뛰어오른 늑대 같았다. 녀석은 킁킁거리며 좁은 굴을 바라보았다. 좁은 굴 끝은 우리가 죽인 어미 늑대가 있는 죽은 자의 동굴이었다.

나는 입술을 깨물었다.

"아무래도 저 늑대가 우두머리 같아."

"저 녀석?"

하비는 아래를 가리켰다.

늑대가 고개를 들어 우리를 보고 있었다. 눈이 흐릿하게 빛났다. 나도 모르게 얼른 몸을 숨겼다. 하지만 늑대의 눈빛은 두려움도 불안도 분노도 아니었다. 자길 보는 우리를 그저 바라볼 뿐이었다. 더이상 우릴 상대할 필요 없다는 듯이.

나는 우리 집과 가족, 나의 무리를 생각했다. 온몸이 안팎으로 아파왔다. 어깨 상처가 타는 듯이 쓰리고 피가 흐르는 무릎도 따가웠다. 무엇보다 가슴 깊은 곳이 아렸다. 눈물이 차올라 눈앞이 온통 뿌옇게 보였다.

엄마가 보고 싶었다.

고개를 돌려 강 건너를 바라보았다. 우리가 올라탄 동굴은 생각보다 높았다. 금빛으로 팔랑거리는 나무 꼭대기 위로 숲 안개가 피어오르는 게 보였다. 숲은 온통 새들이 지저귀는 소리로 가득했다. 나무 사이로 정령 바위가 얼핏 보였다. 낯선 세계에서 만난 친숙한 풍경이었다.

"고마워."

혼잣말을 내뱉었다.

빛나는 초록 깃털을 가진 작은 새들이 날아올랐다. 눈을 비비고 자세히 보았다. 내가 사는 세계에서는 한 번도 본 적 없는 새였다. 공중에서 환희에 찬 몸짓으로 쏜살같이 날아다니다 우리 머리 위 절벽에 난 구멍 속 둥지로 쏙 들어갔다. 슬며시 입가에 미소가 번졌다. 발아래 동굴에서는 늑대들의 발소리가 들렸다. 어떻게 이렇게 위험으로 가득찬 아름다움이 있을 수 있을까?

둥지를 멍하게 바라보다가 문득 정신이 번쩍 들었다. 동굴 꼭대기는 라몬트 집 마당의 트램펄린 크기의 편평한 바위였다. 기차 앞좌석 등 뒤에 딸린 접이식 테이블처럼 절벽에서 튀어나온 형태였다. 조심스럽게 일어나 주위를 둘러보았다. 아래로 내려갈 길도 위로 올라갈 길도 없었다. 절벽은 심하게 가팔랐다.

"하비."

목이 잠겨 목소리가 제대로 나오지 않았다.

하비가 날 보았다. 하비의 눈을 보자마자 나와 같은 생각을 하고 있다는 걸 알았다.

"하비, 우리 여기 갇힌 것 같아. 이제 어떡해?"

27. 고립

하비가 눈을 천천히 끔뻑거렸다. 잠시 후 눈을 번쩍 뜨며 날 보았다.

"우리 기다려야 한다."

하비는 기운이 빠진 얼굴로 체념한 듯 담담히 말했다.

"뭐? 뭘 기다려? 누가 여길 와서 우릴 구해주기라도 한단 말이야?"

나는 고개를 갸웃거렸다.

"우리 기다려야 한다, 졸리머룸."

하비가 해를 가리키며 말을 이었다.

"기다리면 밤 온다. 그럼 늑대 간다. 우리도 간다."

하비는 돌멩이를 하나 집어 창끝을 갈기 시작했다.

하비가 무덤덤하게 꺼낸 말이 선뜻 이해가 되지 않았다. 하지만 잠시 후 고개를 끄덕였다. 늑대들이 굴을 떠나면 우리는 동굴 천장의 구멍으로 다시 내려갈 수 있었다. 여기서 탈출하는 길은 왔던 길을 돌아가는 것뿐이었다. 생각만으로도 속이 울렁거렸다.

드륵 드륵 드륵. 하비가 창끝에 달린 돌을 날카롭게 갈았다.

나는 무릎을 양팔로 감싼 채 정령 바위 위를 빙글빙글 도는 독수리를 바라보았다. 어제 나는 라몬트, 비키와 함께 저곳에 있었다. 바로 저곳에서 돌멩이를 정령 바위 너머로 던졌다. 그건 내가 아닌 것 같았다.

"찰리 메리엄."

내 이름을 되뇌었다. 내 진짜 이름은 이 야생 세계에서 마치 외계인 이름처럼 들렸다.

해가 천천히 낮아졌다. 휘갈겨 쓴 Z자처럼 생긴 오렌지 빛 구름이 숲 너머로 유유히 흘러갔다. 시간이 얼마나 지났는지 모르겠다. 확실한 건 엄마 아빠가 날 많이 걱정할 거라는 사실이었다. 마음이 초조하고 무거웠다. 나는 훌쩍거렸다.

하비도 훌쩍였다.

우리는 마주보았다.

"하비, 왜 그래?"

하비가 날카롭게 간 돌을 내려놓았다. 손목의 실 팔찌 끄트머리를 잡고 빙빙 돌렸다.

"나나?"

나는 나지막이 물었다.

하비가 끄덕였다. 창을 꼭 쥐고 눈을 감았다.

"나나. 나나 못 찾았다. 나나 못 지켜줬다."

하비는 목이 메어 떨리는 목소리로 말했다. 굵은 눈물이 뺨을 타고 흘렀다. 흐르고 또 흘렀다.

나는 마른침을 삼켰다.

"포기하지 마, 하비. 우리 같이 찾아보자. 나나 괜찮을 거야."

내 목소리도 떨렸다.

하비는 눈물이 글썽거리는 눈을 번쩍 떴다. 찌르레기가 날아올랐다. 하비가 고개를 한쪽으로 젖혔다. 재빨리 손을 내밀어 내 뺨을 쓸어내리더니 손가락을 혓바닥에 찍었다.

"촐리머룸 운다. 너 왜 울어? 나나 네 동생 아니야."

하비가 얼떨떨한 표정으로 눈썹을 내렸다.

나는 입술을 깨물었다.

"나도 아기 남동생이 있어."

"아기 남동생!"

하비의 눈이 휘둥그레졌다. 대단한 일이라는 듯 내 어깨를 두드렸다.

"이름이 뭐야?"

"다라."

나는 하비와 눈을 마주치지 않은 채 가만히 말했다.

"다라!"

하비는 우렁차게 다라의 이름을 외쳤다. 다라가 꼭 용맹스러운 전사가 된 것 같았다. 작고 여린 아기가 아니라…. 또다시 눈물이 고였다.

"왜 울어, 촐리머룸? 다라는 어딨어?"

하비가 다정하게 물었다.

"병원에. 수술을 받아야 한대. 태어난 지 얼마 되지도 않았는데 심장이 아프대."

나도 모르게 다 말해버렸다. 일부러 그런 건 아니었는데 목소리가 꼭 화

135

난 사람 같았다.

하비는 어리둥절한 얼굴로 뒤로 물러났다.

"다라 안 지켜줘도 돼?"

하비가 다시 한번 물었다.

날 비난할 생각은 아니었겠지만 마음이 불편했다. 나는 눈에 힘을 주었다.

"하비, 난 너처럼 책임감 강하고 다정한 형이 아니었어. 동생을 지켜야 한다는 생각조차 못 했지. 그저 한 번 보고는 그길로 도망쳤으니까. 그리고 이제… 너무 늦었어. 왜냐하면 나는 여기… 여기에 있으니까."

나는 두 팔을 휘저으며 소리쳤다. 하비는 입을 쩍 벌린 채 눈만 껌뻑거렸다.

"여기에 갇혀 버렸어. 너랑 같이 이 말도 안 되는 석기 시대에. 집으로 돌아가는 법도 몰라!"

몰라… 몰라… 몰라…. 마치 날 놀리듯 강 건너편에서 내 말이 메아리쳐서 돌아왔다. 까마귀 떼가 키 큰 나무 위로 마녀의 스카프처럼 확 퍼지며 날아올랐다.

"집…."

하비가 기어들어가는 목소리로 중얼거렸다.

나는 목이 메었다.

"네 집으로 가는 길은 기억나니?"

하비에게 조용히 물었다.

하비가 창을 만지작거리며 고개를 저었다.

나는 입술을 깨물었다. 하비는 비록 자기 세계에 있었지만 길을 잃은 것은 마찬가지였다.

"미안해."

나는 나지막이 말했다.

하비가 어깨를 으쓱 들어올렸다. 어쩌면 석기 시대에는 미안하다는 말이 없는지도 모른다. 미안할 만한 일을 했을 때 그들은… 미안하다는 말 대신 해결하려고 노력했을지도 모른다.

"하비, 내가 도와줄게. 여기서 탈출하기만 하면 우리 같이 나나도 찾고 네 집도 찾자. 우리 같이 해결하자."

나는 하비의 팔을 부드럽게 잡았다.

하비가 먼 바다의 깊은 속처럼 검은 눈으로 날 물끄러미 보았다.

"나도 너 돕는다, 촐리머룸. 다라도 찾고 네 집도 찾는다. 우리 돌아간다."

하비는 걸걸한 목소리로 외치며 뾰족한 손톱으로 내 팔을 꽉 잡았다.

"그래."

눈물 고인 눈으로 활짝 웃었다. 하이파이브를 하려고 손을 들었다.

하비가 멀뚱히 날 보더니 따라서 손을 들었다.

"좋다."

하비의 목소리가 비장했다.

우리는 마치 맹세를 한 것 같았다.

"부 부 부엉 부엉."

근처에서 부엉이가 때 이른 울음을 울었다.

"엉 엉 부엉 부엉."

다른 부엉이가 대답을 했다.

저녁이 오고 있었다. 햇살이 점차 누그러졌다. 하비가 창을 들고 앉았다. 나는 옆으로 누워 사람의 손이 닿지 않은 숲을 바라보았다. 우리는 기다렸다. 하비가 또다시 창을 갈았다.

눈을 감고 작은 수족관처럼 생긴 플라스틱 바구니에 누운 다라를 생각했다. 병원에서 다시 한번 다라를 안을 수 있길 빌었다. 다라를 꼭 안고 다 괜찮을 거라고 말할 수 있길 바랐다.

"미안해, 다라."

눈을 뜨고 천천히 고개를 들었다. 맨델 숲에서 병원이 있던 곳을 가만히 바라보았다. 어쩌면 바로 지금 다라는 수술을 받고 있을 지도 모른다.

"다라, 형이 지켜줄게."

나는 맹세하듯 전사처럼 외쳤다.

자리에 누워 드르륵 드르륵 드르륵 드르륵 돌 가는 소리를 들었다. 피곤했다…. 많이 피곤했다…. 너무 너무 피곤했다….

28. 앗또

타닥타닥 소리에 잠에서 깼다. 등이 따뜻했다. 장작 때는 매캐한 냄새가 풍겼다.

눈을 떠보니 모닥불이 피워져 있었다. 나도 모르게 비키와 라몬트와 네로와 함께 하는 캠핑이 떠올랐다. 하지만 이건 생일 캠핑이 아니었다. 난 여전히 하비의 야생 숲 속 이끼로 뒤덮인 판판한 바위 위에 누워 있었다. 전에는 여기까지 올라와 본 적이 없었다. 그러니까 내가 살던 세계에서 말이다. 절벽이 가팔라서 오를 생각조차 하지 않았다. 게다가 이곳에는 철망과 산사태 그림과 거대한 느낌표가 붙은 위험 표지판이 세워져 있었다. 절벽 꼭대기에는 '바람의 언덕'이라 불리는 마을이 있었는데 상류층 사람들이 사는 으리으리한 동네였다. 거대한 출입문을 통과해야만 들어갈 수 있는 동네. 나는 그곳과는 멀고도 먼 동네에 살았고 위험 표지판에 민감한 편이었다.

그래도 눈앞에 펼쳐진 광경은 놀라웠다. 어스름한 저녁의 숲이 마치 연필로 그린 그림같았다. 해가 저문 지평선은 붉은 빛과 분홍빛과 금빛으로 불타올랐다. 그 주위로 포도색과 계란 노른자색이 마치 멍든 피부색처럼 번졌다. 공중에는 깍깍 소리와 삑삑 소리와 짹짹 소리와 날갯짓 소리가 가득했다. 숲의 모든 생명체들은 기쁘게 밤을 맞이하고 있었다. 아… 물론 모든 생명체는 아닐 수도 있지만….

늑대들이 컹컹 짖으며 우당탕탕 좁은 굴을 달리는 소리가 들렸다. 늑대 무리는 먹잇감을 사냥하러 굴 밖으로 나갈 것이다. 그러면 우리는 동굴로 내려가 이곳을 탈출하면 된다. 생각만으로도 소름이 돋았다.

나는 자리에서 몸을 굴렸다. 바람이 닿지 않는 곳에 모닥불을 피워둔 하비가 쭈그리고 앉아 기다란 나뭇가지로 불을 뒤적거렸다. 어렴풋이 보이는 얼굴은 웃고 있었다. 잿더미 속에서 무언가를 골라냈다.

내 옆에 토끼 똥처럼 생긴 작고 까만 것들이 잔뜩 쌓여 있었다.

"이게 뭐야?"

"앗뜨!"

하비가 소리쳤다.

"나도 알아, 하비. 그런데 이게 뭐니?"

"앗뜨!"

하비는 불길 앞으로 손을 내밀어 내 손이 불에 닿는 것을 막았다. 그러고는 재빨리 손을 떼고 뜨겁다는 연기를 하듯 후후 불었다.

"앗뜨!"

하비가 아이를 타이르듯 또 말했다.

웃음이 터져 나왔다.

"불이 뜨겁다는 건 나도 알아, 하비! 저게 뭔지 궁금해서 그래."

작고 까만 동그란 것들을 가리켰다.

"앗뜨!"

포기다.

하비 옆에도 까만 것들이 한 무더기 쌓여 있었다. 하비가 하나를 들어 바위에 세게 내리치니 껍데기가 갈라졌다. 하비는 속에 든 것을 입에 던져 넣었다. 비록 토끼 똥이더라도 맛있어 보였다. 나는 배가 고파서 뭐든 먹을 수 있을 것 같았다. 나도 하나를 집었다. 하지만 바로 놓치고 말았다.

"악!"

손가락을 후후 불었다.

"앗뜨!"

하비가 짓궂게 웃었다.

좀 식은 듯한 것을 골라 다시 집었다. 하비처럼 껍데기가 깨질 때까지 바위에 내리쳤다. 껍데기 속에는 부드러운 노랑 열매가 들어 있었다. 크리스마스 냄새가 났다. 구운 헤이즐넛이었다. 입 속에 한 알을 넣고 살살 씹었다. 살짝 탄 듯한 단 맛이 입 안에 퍼졌다.

하비를 보고 웃었다.

"너트네!"

"앗뜨야! 앗뜨 맛 좋아?"

하비가 말했다.

"앗뜨 맛 좋아."

나는 그제야 고개를 끄덕거리며 헤이즐넛을 또 하나 입에 넣었다. 우리는 마주보고 웃었다. 타닥타닥 타는 모닥불 옆에서 헤이즐넛이 거의 남지 않을 때까지 먹어치웠다. 우리는 나란히 앉아 하늘이 점점 어두워지는 동안 벌건 불씨만 남은 숯불을 가만히 바라보았다.

갑자기 하비가 정신이 번뜩 든 얼굴로 창을 들었다. 동굴 천장 구멍이 뚫린 곳으로 기어갔다. 그러고는 늑대 동굴을 유심히 내려다보았다.

"에이이이시!"

하비가 말했다. 욕이라는 것을 확실히 알 수 있었다.

"우리 아직 못 간다."

나도 하비 옆에 쭈그리고 앉아 동굴 속을 들여다보았다. 큰 늑대들은 보이지 않았다. 딱 한 마리만 빼고. 귀가 찢어진 늑대가 굴 입구 옆에서 앞발에 머리를 얹고 엎드려 있었다. 자는 것은 아니었다. 주위를 경계하는 것 같았다. 침을 꼴깍 삼키며 발톱에 긁힌 어깨를 쓸어내렸다.

"엉 엉 부엉 부엉."

부엉이가 울었다. 나는 화들짝 놀랐다.

"부 부 부엉 부엉"

다른 부엉이가 대답했다.

두 부엉이는 짝꿍 같았다. 한 가지에 달린 두 체리처럼, 둘이 합쳐 하나가 되는 단짝 같았다.

"우리 기다려야 한다."

하비가 한숨을 쉬었다. 목소리에 신경질이 묻어났다.

"기다려야지."

나는 고개를 끄덕였다.

강 건너를 바라보며 구운 헤이즐넛을 야금야금 먹었다. 내가 앉은 곳 바로 몇 미터 앞은 낭떠러지였다. 아래쪽은 깜깜해서 보이지도 않았다. 마치 하늘에 떠서 발아래 잠든 세상을 내려다보는 기분이었다. 손가락으로 굽이쳐 흐르는 강물을 따라갔다. 달빛이 내려앉은 물결이 반짝거렸다. 강은 멀고 먼 바다로 흘러갔다. 내가 살던 세계보다 바다는 훨씬 더 아득히 멀었다. 지금 멀리 보이는 땅이 시간이 지나 바다가 된 셈이었다. 여기서는 래스린 섬도 걸어서 갈 수 있었다. 이렇게 놀라울 수가! 강 건너에서 가장 높은 것은 정령 바위였다. 나무 터널 위로 달빛에 흐릿하게 보이는 정령 바위를 알아볼 수 있었다.

"정령 바위에 올라가면 더 멀리까지 볼 수 있을 텐데…. 전부 보일 텐데…."

하품을 하며 중얼거리다 정신이 퍼뜩 들었다. 어쩌면 집으로 가는 길이 보일 수도 있었다.

"하비."

하비는 내 옆에 창을 짚고 서서 골똘히 생각에 빠져 있었다. 양쪽 눈썹 사이에 깊은 골이 생겼다.

"왜 그래, 하비? 무슨 소리가 들려?"

나나 소리이길 빌었다. 울음소리가 들릴까봐 나도 귀를 기울였지만 바람에 팔랑이는 나뭇잎 소리만 들렸다.

하비가 고개를 저으며 하늘을 보았다. 나도 고개를 들었다. 하늘에 별이 총총했다. 상상해본 어떤 밤하늘보다도 별이 많았다. 은빛 주근깨를 하늘에 뿌려놓은 것 같았다. 별똥별 하나가 쉬익 하고 나타났다가 순식간에 사라졌다. 이렇게 갑자기! 숨도 안 쉬고 바로 눈을 감았다.

"음… 음… 집에 가고 싶어요."

"집…."

소년이 따라했다.

나는 씁쓸하게 웃었다.

하비가 내 옆구리를 쿡 찔렀다.

"야! 아파!"

나는 눈을 흘겼다.

"집!

하비가 다시 한번 외쳤다.

하비의 목소리가 왠지 예사롭지 않았다. 하비를 향해 고개를 돌렸다.

"기억났어! 집!"

하비가 내 팔을 마구 흔들었다.

29. 기억해

"진짜야? 그럼 나나도 찾을 수 있겠다! 어쩌면 나나가 집에 있을 수도 있잖아. 아기니까 집에 있겠지! 안 그래? 잘 됐어, 하비!"

나는 숨도 쉬지 않고 말했다. 그러고는 벌떡 일어서며 말을 이었다.

"당장 가자. 어디로 가면 돼? 너희 집이 어디야?"

달빛이 어룽거리는 숲을 가리켰다.

하비는 기억을 되살리려고 애쓰는 듯 얼굴을 잔뜩 구겼다. 두툼한 손을 초조하게 쥐었다 피더니 고개를 세차게 흔들었다.

"아니…. 집 기억해…. 어딘지는 기억 못 해…."

하비가 창을 바닥에 내팽개쳤다.

"알았어. 그럼 나한테 설명을 해봐. 네 집이 어떻게 생겼는지. 어쩌면 내가 도울 수 있을 지도 몰라."

나는 조금 풀이 죽었다. 희망이 또다시 사그라들고 있었다.

하비의 새까만 눈동자가 멍해졌다.

"집을?"

하비가 중얼거렸다. 갑자기 좋은 수가 떠올랐다는 듯 벌떡 일어났다. 바위 위에 창으로 무언가를 끄적이기 시작했다. 연한 회색 선이 나타났다.

하비는 커다랗고 둥근 지붕을 그렸다. 지붕 위에 조금 작은 지붕을 하나 더 그렸다. 그 위에 작은 지붕을 또 그렸다.

"집!"

하비가 뒤로 물러나며 의기양양하게 외쳤다.

"이게 집이라고?"

나는 고개를 갸웃거렸다. 집이 아니라 해파리 같았다.

다시 한번 유심히 그림을 들여다보았다. 갑자기 하비가 무엇을 그린 건지 알 것 같았다. 정령 바위였다. 둥근 들판 위에 둥근 언덕 위에 둥근 바위.

"집!"

나는 손가락으로 그림을 두드리며 크게 웃었다.

"네 집이 어디인지 정확히 알겠어. 우리 숲에서도 이곳을 '집'이라고 불러! 저길 봐, 하비!"

강 건너를 가리켰다. 크고 둥근 달이 정령 바위 꼭대기에 걸려 있었다. 마치 서커스를 하는 물개의 코끝에 얹힌 공 같았다.

"네 집은 저기 저 바위야! 정령 바위!"

"내 집이?"

소년은 어둠 속에서 눈을 찡그렸다. 정령 바위를 알아보지 못 했다. 집이 그곳에 있었다는 것을 전혀 기억하지 못 했다.

그때 좋은 생각이 떠올랐다. 아빠가 열쇠 둔 곳을 잊을 때마다 엄마가

146

하는 말이 있었다.

"왔던 길을 되짚어 가봐."

어쩌면 내가 해야 할 일도 그것이었다. 나는 강 건너 정령 바위 쪽, 가브리엘 떡갈나무와 강 사이 어딘가에서 길을 잃었다. 그곳에 보이지 않는 문이 있었음이 틀림없다⋯. 마법의 문⋯. 그게 아니라면 날 맨델 숲에서 석기 시대로 데려온 미친 우주의 섭리 같은 거라도.

계획의 실마리가 잡히자 가슴이 두근거렸다. 일단 하비의 집을 찾으면 나나도 찾을 수 있을 것이다. 그리고 내가 왔던 길을 그대로 돌아가면 된다. 길 끝에 우리 집이 있을 것이다. 혼자 흐뭇하게 웃었다. 다⋯ 잘 될 것이다.

"하비, 들어봐. 엄청난 계획이 있어. 죽은 자의 동굴 밖으로 나가기만 하면 정령 바위까지 가는 길을 찾을 수 있을 것 같아. 이제 걱정할 것 없어. 집으로 가자!"

"집으로 가자!"

하비가 나만큼 들뜬 목소리로 외쳤다.

하비는 창을 들고 늑대 동굴 속을 살폈다. 우두머리 늑대는 더 이상 보이지 않았다. 연회색 늑대 새끼들만 옹송그리고 있었다. 우리는 마주 보고 씩 웃었다. 지금이었다.

조심스럽게 동굴 천장의 구멍으로 발을 뻗었다. 심장이 쿵쾅거렸다. 발을 디딜 홈을 찾아 동굴 벽을 더듬거렸다. 울퉁불퉁하게 튀어나온 뾰족한 돌부리를 손으로 꽉 움켜쥐었다. 간신히 균형을 잡고 조금씩 한 발씩 내딛었다. 하비는 창을 입에 문 채 빠르게 내려갔다. 조그맣게 튀어나온 돌덩이 위에 발가락을 모아 짚었다. 발에 체중을 싣고 손을 떼려는 순간 돌이 부스러지며 떨어져 내렸다. 발이 허공에 떴다. 발을 짚을 곳을 찾아 버둥거렸다. 손이 미끄러지기 직전에 발목을 잡은 강한 손아귀 힘이 느껴졌다. 하비였다. 하비가 작은 홈을 찾아 내 발을 끌어당겼다. 하비 손이 이끄는 대로 한 발 한 발 차례로 짚었다. 껑충 뛸 수 있을 정도의 높이에 와서야 하비는 손을 놓았다. 하비가 먼저 뛰어내렸다. 쿵 소리가 동굴에 울렸다. 나도 몸을 웅크리며 뛸 준비를 했다. 그때 발이 미끄러지면서 뾰족한 동굴 벽 위를 그대로 주르륵 미끄러졌다. 맨 팔과 다리가 쓸렸다. 그리고는 단단한 바위 바닥에 그대로 퍽 떨어졌다.

"촐리머룸?"

어둠 속에서 하비의 걱정스러운 목소리가 들렸다.

"괜찮아."

눈앞이 핑 돌았다. 오른쪽 어깨가 욱신거리고 팔과 다리가 까져 피가 났다. 어쨌든 우리는 동굴로 내려왔다. 하비의 아기 여동생도 곧 찾게 될 것이다.

좁은 굴 쪽으로 비틀거리며 걸어갔다. 새끼 늑대를 쓰다듬어줄 시간이 없었다. 하지만 적막이 감도는 동굴 속에서 부드러운 숨소리를 들을 수 있었다. 하비가 먼저 좁은 굴로 들어갔다. 어깨 너머를 힐끔 돌아보았다. 새끼들은 괜찮을 것이다. 늑대는 무리지어 살았다. 서로를 보살폈다. 늑대는 그렇게 살아남았다.

"잘 지내."

새끼 늑대들을 향해 속삭였다. 그리고는 서둘러 하비를 쫓아갔다.

좁은 굴 속 축축한 공기가 날 옥죄었다. 짙은 어둠은 끔찍한 공상으로 이어졌다. 독거미가 머리카락 사이를 기어 다니거나 목을 스치는 바람이 유령의 숨결이라거나 어둠 저편에서 늑대가 사나운 눈빛으로 노려본다거나…. 뒤쫓아 오는 두려움을 떨치려고 빨리 기었다. 속이 울렁거렸다.

하비가 앞장서 가며 큰 소리로 숨을 쉬었다. 마음이 조금 가라앉았다. 적어도 내 앞에 하비가 있는 것만은 분명했다. 곧 그 소리가 숨소리가 아니라는 것을 깨달았다. 말이었다. 어쩌다 우리의 주문이 되어버린 말.

"아… 좀… 파스코…."

하비는 이 말을 되풀이했다. 피식 웃음이 터졌다. 나도 함께 주문을 외웠다.

"아… 좀… 파스코…. 아… 좀… 파스코…."

주문은 두려움을 물리치고 달빛이 감도는 죽은 자의 동굴로 무사히 우리를 데려갔다.

좁은 굴을 빠져나오자마자 동굴 입구를 향해 달렸다. 차가운 밤공기가 폐를 가득 채웠다. 어디선가 괴상한 웃음소리가 울려 퍼졌다. 나는 놀라서 자빠질 뻔했다. 쓰러진 나무의 가지 위에 태어나서 본 새 중에 가장 큰 새가 앉아 있었다.

"히-히-히-히-히-히."

새는 키득거리듯이 울었다.

거대한 노란 발톱으로 뭉툭한 나뭇가지를 꽉 움켜쥐고 있었다.

"독수리."

뒤에서 하비가 외쳤다.

독수리가 하얀 민머리를 까딱거리며 갈고리 모양의 노란 부리로 날개 아래를 쪼았다. 독수리는 사진으로 본 게 다였다. 살아있는 독수리를 보다니 가슴이 터질 것 같았다. 현재의 맨델 숲에는 독수리가 살지 않았다.

"히-히-히-히."

독수리가 또다시 울었다. 고대의 신비로움이 느껴지는 얼굴로 심술이 난 듯 떽떽거렸다.

나는 웃음이 터졌다. 독수리가 내 쪽으로 고개를 돌렸다. 날 뚫어지게 보는 노란 눈에 단번에 사로잡혔다. 독수리는 커다란 날개를 펼쳐 날아오르더니 은빛 강 바로 위를 낮게 활공했다.

"우와! 우와! 우와!"

눈앞에서 펼쳐지는 곡예 비행을 보며 입을 다물 수 없었다.

독수리는 잠시 뾰족 바위에 걸터앉았다. 하얀 꽁지깃을 잿빛 바위 위에 레이스 부채처럼 펼쳤다. 다시 공중으로 날아올라 우리 주변을 한 바퀴 빙 돌았다. 그러고는 강물 가장 깊은 곳으로 쏜살같이 내려가 물 위로 튀어 오르는 물고기를 발톱으로 낚아챘다.

숨이 턱 막혔다.

독수리의 물고기 사냥은 장바구니에 냉동 생선튀김을 담는 것처럼 간단했다. 독수리는 달을 향해 비뚜름한 원을 그리며 위로 위로 올라갔다.

"히-히-히-히-히."

이번에는 약간 우쭐한 듯한 목소리였다.

"멋지다."

나는 혼잣말로 중얼거렸다.

독수리가 어둠 속으로 사라질 때까지 눈을 뗄 수 없었다.

하비는 독수리를 보고 있지 않았다. 동굴 벽에 난 손자국에 손바닥을 대고 슬픈 얼굴로 바라보고 있었다.

"하비, 뭐 하는 거야?"

나는 하비에게 다가갔다.

하비가 새카만 눈동자로 날 가만히 보았다.

"내 사람들."

동굴 벽을 큰 손으로 어루만지며 나지막이 말했다.

기억이 돌아온 걸까? 기억이 모두 되살아난 걸까?

동굴 벽에 난 크고 작은 손자국을 바라보았다. 내 기억도 하나 깨어났다. 배시시 웃음부터 나왔다. 우리 집 부엌에 아직도 걸려 있는 너덜너덜한 부엌 수건이 떠올랐다. 유치원 다닐 때 손도장 찍기를 한 적 있었는데 선생님이 작은 수건에 손도장을 인쇄해 집집마다 선물로 보냈다. 나와 라몬트와 비키의 작은 손바닥이 찍힌 수건을 볼 때마다 코흘리개 꼬마 시절이 생각났다.

"내 사람들."

나도 작게 되뇌었다.

"네 사람들은 지금 어디에 있니?"

하비에게 물었다.

"사라졌어."

하비는 시무룩하게 말했다.

"사라져? 어디로?"

"사라졌어."

하비는 같은 말을 반복했다. 그러고는 깊은 한숨을 내쉬며 나뭇가지를 헤치고 동굴 밖으로 나갔다.

가슴이 휑했다. 무슨 말인지는 정확히 몰라도 어떤 마음인지 알 것 같았다. 가엾은 하비!

하비를 따라 동굴 밖으로 나가려다 무언가 잊었다는 걸 깨달았다. 뒤를 돌아 우리가 죽인 어미 늑대의 흐릿한 형체를 물끄러미 보았다.

"수고했어."

슬픈 목소리로 속삭였다. 마음속 깊이 무겁게 깔린 죄책감이 꿈틀거렸다.

쓰러진 나무의 팔랑거리는 나뭇잎 사이로 달빛에 반짝거리는 강물이 보였다. 나뭇가지를 젖히고 동굴 밖으로 하비를 따라 달려갔다. 하비는 동굴 앞에 조각상처럼 우두커니 서 있었다. 한 손으로 망원경 모양을 만들어 무언가를 보고 있었다.

뭐 하냐고 물으려는 순간, 하비가 다른 손으로 창을 높이 쳐들었다. 나는 그대로 굳어버렸다.

30. 영혼의 노래

어둠 속에서 덤불이 부스럭거렸다. 우두머리 늑대가 떠올랐다. 입 안이 바짝 말랐다. 혹시 복수하려고 돌아온 걸까?

와삭와삭 소리가 들렸다. 어딘지 정확히 알 수 없었다. 혹시 늑대 무리일까?

정체를 알 수 없는 짐승이 잽싸게 한 걸음 이동했다. 심장이 쿵 떨어졌다.

하비는 벌써 공격 자세를 취하고 있었다. 동굴 벽화에서 본 사람들 모습 같았다. 부스럭 소리가 조금씩 가까워졌다. 짐승은 동굴 쪽으로 다가오고 있었다. 나도 슬그머니 나뭇가지를 손에 들었다. 헐떡이는 숨을 참으며 촐리머룹으로서의 나를 머릿속에 그렸다. 한 손에 창을 든 용맹하고 강인한 야생의 생존자 촐리머룹. 짐승이 앞으로 조금 더 움직였다.

그때 어디선가 낮은 허밍 소리가 들렸다. 나는 눈을 크게 뜨고 주위를 두리번거렸다. 도무지 무슨 소린지 알 수 없었다. 으르렁거리는 소리에 가까웠지만 정확히 으르렁거리는 건 아니었다. 위층에서 들리는 아래층

153

진공청소기 소리와 비슷했다. 소리는 점점 커졌다. 노래나 기도문처럼 들리기도 했다. 노래를 부르는 사람은 뜻밖에도 하비였다.

덤불이 잠잠해졌다. 짐승은 가만히 서서 하비의 노래를 듣는 것 같았다. 하비는 목소리를 더욱 높였다. 무슨 소린지 하나도 알아들을 수 없었지만 효과는 있었다.

"너도 불러, 촐리머룸!"

하비가 벌컥 성질을 냈다.

하는 수 없이 알지도 못 하는 노래를 무작정 따라 불렀다. 안타깝게도 머릿속에 떠오르는 노래 가사는 '반짝반짝 작은 별' 밖에 없었다. 이상한 곡조에 맞춰 목소리를 내리깔고 반짝반짝 작은 별을 읊었다.

'빤짝

빤짝

짝은

뻴

아름답게

삐치네….'

'동쪽 하늘에서도'까지는 부를 필요도 없었다. 그 전에 이미 놀라운 일이 일어났다. 짐승은 노랫소리에 겁먹고 있었다. 나뭇잎 사이로 번쩍이는 눈동자가 흔들렸다. 꼬리를 휙 돌리더니 수풀을 헤치며 달아났다.

안도의 한숨을 깊게 내쉬었다. 발소리가 늑대보다도 컸다.

"뭐였어?"

하비에게 물었다.

"곰이다."

하비가 무덤덤하게 대답했다.

"곰!"

눈이 불쑥 튀어나왔다.

"곰이라니! 그 노래가… 곰을 겁먹게 한 거야?"

"곰, 영혼의 노래 싫어한다."

하비는 당연한 걸 묻는다는 듯이 말했다.

소름이 돋았다. 이번에도 하비 덕분에 목숨을 구했다. 하비가 없었다면 난 이미 수백 번도 더 죽었을 것이다.

"고마워, 하비."

하비가 이해할 수 없다는 듯 고개를 갸웃거렸다.

"너도 영혼의 노래 불렀다, 촐리머룸!"

갑자기 머리가 띵했다.

"그래, 나도 불렀지!"

온몸이 찌릿찌릿했다. 나는 하비의 생존방식을 배우고 있었다. 살아남는 법을 터득하고 있었다.

"집에 가자."

하비가 재촉하며 날 끌어당겼다. 우린 다시 걷기 시작했다. 하비를 따라 걷다가 어깨 너머로 곰이 있던 자리를 흘깃 보았다. 무사해서 다행이지만 한편으로는 곰을 제대로 볼 기회를 놓쳐 아쉬웠다. 그것도 살아있는 곰이 었는데!

나무 그늘 속에 몸을 숨긴 채 은빛 강 주위로 또 다른 야생 짐승이 나타

155

나지 않는지 살피며 조심스럽게 걸었다. 하지만 더이상 우릴 위협할 만한 것은 보이지 않았다. 무사히 징검다리 앞까지 갔다. 우리는 징검돌을 하나씩 건넜다. 뾰족 바위쯤에서 잠시 멈춰 서서 숲을 올려다보았다. 내 세계의 숲보다 훨씬 울창하고 신비로웠다. 하지만 같은 숲인 것은 분명했다. 길이 있든 없든 정령 바위까지 가는 길은 확실히 알았다. 박쥐가 강 위를 스치듯 낮게 날아 파리를 낚아챘다. 아빠랑 밤낚시 갔을 때 종종 보던 광경이었다. 나는 나머지 징검돌을 폴짝폴짝 뛰었다. 머리 위에서 달이 탐스러운 은색 사과처럼 희미하게 빛났다.

마지막 징검돌에서 강변 모래밭으로 가볍게 뛰어내렸다. 하비가 뒤따라오지 않았다. 보이지도 않았다.

"하비! 어딨어?"

조용히 하비를 불렀다. 팔뚝만한 물고기가 캄캄한 강물 위로 첨벙 뛰어올랐다.

"촐리머룸?"

뾰족 바위 뒤편에서 파란 붕대 끄트머리가 얼핏 보였다.

"하비, 거기서 뭐해?"

하비가 성가시다는 표정으로 얼굴을 내밀었다.

"물을 내보낸다."

이런 것까지 일일이 설명해야 하냐는 말투였다.

"뭐?"

하비가 인상을 팍 쓰며 한숨을 쉬더니 손으로 물 떠먹는 시늉을 했다.

"물 먹었다. 물 내보낸다."

하비는 쉬 소리를 냈다.

나는 웃음이 터졌다.

"아, 알았어. 이해했어."

키득거리며 고개를 돌렸다. 하비는 다시 뾰족 바위 뒤로 몸을 숨겼다. 하비도 큭큭 웃었다.

천천히 모래밭을 걸었다. 모래밭에 우리 발자국이 새겨져 있었다. 하비의 맨발과 내 운동화가 남긴 발자국. 옆에 발자국이 하나 더 있었다. 다른 나라 글자처럼 생긴 새 발자국이었다. 늑대나 곰 발자국이 아니어서 다행이었다.

"말 그대로 발자취를 되짚고 있네."

피식 웃으며 혼잣말을 내뱉었다. 징검다리에서 숲으로 거슬러 가면서 내 발자국을 다시 밟았다.

그때 갑자기 숨이 막혔다.

언젠가부터 우리 발자국 옆에 다른 사람 발자국이 나란히 찍혀 있었다. 강 상류 갈대와 부들 군락지 쪽에서 온 발자국 같았다. 발모양이 선명한 걸로 보아 맨발이었다. 하비의 발보다 훨씬 컸다. 발자국 안에 운동화를 대보았다. 발자국은 실로 거대했다.

그리고 찍힌 지 얼마 되지 않아 보였다.

31. 발자국

등줄기가 서늘했다.

낯선 발자국은 강에서 언덕을 지나 숲으로 향했다.

문득 폭풍우를 피해 죽은 자의 동굴에 숨었을 때 본 그림자가 생각났다. 마음속으로 그림자를 다시 떠올렸다. 빠르고 몸집이 큰 사람이었다. 어쨌든 숲에는 우리 말고도 누군가 있었다. 이 사람은 우릴 도와줄 수 있을까? 운동화를 깊게 팬 거대한 발자국 안으로 천천히 집어넣었다. 어쩌면 도와주기는커녕 해를 끼칠 수도 있었다.

갑자기 목이 탔다. 운동화를 발자국에서 들어 올리며 어두운 숲을 초조하게 바라보았다. 발자국의 주인이 누군지 몰라도 숲에 있을 가능성이 컸다. 캄캄한 숲 언저리에 숨어 우릴 몰래 훔쳐보고 있는지도 몰랐다.

하비가 뾰족 바위 뒤에서 모습을 드러냈다. 환한 달빛 아래 다리를 절뚝거리며 징검다리를 건넜다. 넘어지면서 발목을 삐끗했는지 다리가 여전히 불편해 보였다.

"하비, 이것 좀 봐."

발자국을 보고 하비가 뭐라고 할지 궁금했다.

하비는 내가 있는 쪽까지 오기도 전에 멈춰 섰다. 눈을 크게 뜨고 날 보았다. 손가락을 입술에 붙였다가 귀에 댔다가 숲을 가리켰다.

"왜? 무슨 소리가 들려?"

나는 목소리를 낮췄다. 말이 안 되지만 하비가 늑대나 곰의 소리를 들은 것이길 바랐다.

하비의 눈이 점점 커졌다.

어디선가 어렴풋이 내 귀에도 소리가 들렸다. 희미했지만 틀림없었다. 새 소리 같기도 하고 아기 울음소리 같기도 했다. 처음 듣는 소리가 아니었다.

"나나!"

우리는 한 목소리로 외쳤다. 한달음에 언덕을 올라 숲을 향해 달렸다. 울음소리가 나는 쪽으로 가시덤불과 덩굴을 헤치며 있는 힘을 다해 뛰었다.

가시에 옷이 찢기고 살갗이 긁혔다. 상관없었다. 얽힌 덩굴 사이로 아기 울음소리를 따라 거침없이 달렸다. 쓰러진 통나무 위를 기어 달빛이 어룽거리는 작은 빈터로 들어갔다.

"여기야!"

옆에서 하비가 외쳤다.

나는 숨을 헐떡였다. 언젠가 맡아본 달콤한 향기가 풍겼다. 주위를 둘러보니 낯선 꽃이 보였다. 우리 숲을 뒤덮은 인동초 꽃과 닮았지만 송이가 더 크고 반점이 나 있었다. 촉수처럼 생긴 것이 흔들렸다. 나는 숨을 고르며 달콤한 공기 속에서 나나 소리에 귀를 기울였다.

하지만 아무것도 찾을 수 없었다.

"나나는 어딨지?"

하비는 온 정신을 쏟느라 대답이 없었다.

나도 귀를 쫑긋 세웠다. 우리는 거대한 나무 둥치 앞에 섰다. 고개를 들어 우거진 가지 사이로 하늘을 바라보았다. 우리 숲의 그 어떤 나무보다 큰 나무였다. 심지어 가브리엘 떡갈나무보다도 컸다. 가슴이 두근거렸다. 눈을 크게 뜨고 주위를 둘러보았다. 어둠 속에서 날 보는 눈들이 보일 것만 같았다. 늑대와 몸집이 큰 그림자와 곰과 아기의 눈.

그때 무언가 눈앞을 휙 지나갔다. 나는 몸이 뻣뻣해졌다. 하지만 이내 웃음이 픽 터졌다. 나뭇가지에 걸린 채 엉킨 누더기였다. 누더기는 만화 속 유령처럼 바람에 펄럭였다. 잠시 후 단순한 누더기가 아니라는 것을 깨달았다. 천천히 거대한 나무쪽으로 다가갔다. 낮은 나뭇가지에 걸린 아빠의 오래된 체크무늬 셔츠를 풀었다. 옷에 얼굴을 파묻었다. 악몽을 꾸면 꼭 안아주던 아빠의 품처럼 포근했다.

납득이 되지 않았다. 아빠 셔츠는 강변 모래밭에서 기절한 하비를 덮어주었던 것이다. 어째서 이게 이 나무에 걸려 있지?

셔츠를 눈앞에 들고 뚫어져라 보았다. 셔츠가 답이라도 해줄 것처럼. 하지만 셔츠는 셔츠였다. 핏자국이 조금 더 번지고 흙이 군데군데 묻었지만 그뿐이었다. 폭풍우에 날아왔을까? 나는 고개를 저었다. 머릿속에는 이미 몸집이 큰 그림자가 걸어가고 있었다. 강변 모래밭에 난 거대한 발자국. 그때 등 뒤 숲에서 비명소리가 들렸다. 심장이 요동쳤다. 주위를 둘러보

160

앉지만 아무도 없었다. 하비뿐이었다.

　나는 입술을 깨물었다. 하비를 처음 발견했던 때를 떠올렸다. 하비는 어쩌다 그 강에 온 걸까? 어쩌다 바위에서 미끄러져 엎어져 있었을까? 하비는 기억을 못 하지만 뭔가⋯ 끔찍한 일이 있었을 수도 있었다. 셔츠를 가방에 쑤셔 넣으며 하비를 유심히 보았다.

　"하비. 궁금한 게 있어⋯. 너 혹시 누군가에게⋯ 쫓기고 있었니?"

　내 목소리가 떨리고 있었다.

32. 빈터

하비가 날 보았다. 내 말을 이해하지 못 한 표정이었다.

"나나 조용하다. 우리 집 찾을 수 있나?"

하비가 시무룩하게 말하며 한숨을 푹 쉬었다.

나는 머릿속 불길한 생각을 떨쳤다. 사고는 일어나게 마련이다. 엄마가 늘 하는 말이다. 하비는 그저 사고로 바위에서 미끄러진 것이다. 그게 다다.

"그럼! 가자, 집!"

나는 일부러 목소리를 높여 활기차게 말했다.

일단 우리가 있는 곳의 위치를 알아야 했다. 강변에서 빈터까지의 경사를 가늠해보았다. 강의 위치와 달의 자리를 눈여겨보았다. 아무래도 이곳은 밧줄 그네 아래쪽 주술사의 우물 근처인 것 같았다. 여기서부터 정령 바위까지 가는 길은 훤했다. 아무리 깜깜해도 찾아갈 수 있었다.

"이제 가자!"

하비에게 말했다.

"찾을 수 있어."

나는 약속보다 바람에 가까운 마음으로 속삭였다. 옆은 나무 둥치를 툭 치며 행운을 빌었다. 하비는 옆에서 느릿느릿 걸었다. 나는 고사리 덤불을 헤치고 숲으로 천천히 달리기 시작했다.

일단 밧줄 그네가 있는 언덕으로 향했다. 하비의 숲에서는 그네 대신 덩굴 식물이 달랑거렸다. 튼튼해 보이는 덩굴을 잡고 매달려 달빛이 어룽거리는 쪽으로 높이 올라갔다.

"저쪽이야!"

위쪽으로 향하는 경사진 길을 가리켰다.

덩굴에서 내려와 통나무를 뛰어넘었다. 맨델 숲에서 라몬트, 비키와 함께 백만 번은 해본 일이었다. 내가 어디에 있는지, 어디로 가는지 정확히 알았다. 나는 '집'으로 가고 있었다. 우리는 박하 밭을 가로질렀다. 밤공기에 상쾌한 껌 향이 가득했다. 여린 박하 잎 사이를 웃으며 달렸다. 네로가 씹기 좋아하던 박하 잎이었다. 이곳은 박하가 자라기 좋은 땅이 틀림없었다. 박하는 단단히 뿌리를 내린 듯 보였다.

"이-풀."

하비가 달리면서 박하 잎을 떼어 입 안에 넣었다.

"이-풀!"

나도 잎을 살살 씹었다. 보드라운 솜털이 난 잎을 입에 넣자마자 입 안이 개운하면서 얼얼해졌다.

정령 바위 언덕은 경사가 가팔랐다. 게임에서 언제나 '집'이었던 정령 바위. 우리는 숨을 헐떡이며 정상에 올랐다.

나무 사이에 몸을 숨긴 채 빈터를 자세히 살폈다.

하비의 말은 사실이었다. 정령 바위는 이 세계에서도 집이었다. 말 그대로 집이 있었다. 이글루 모양의 텐트처럼 생긴 움막이 달빛에 빛났다. 꺼질 듯한 모닥불에서 피어오른 연기가 하늘 높이 올라가 구름과 함께 흘러갔다. 하늘에는 별이 총총했다.

인기척이 느껴지지 않았다. 소리도 들리지 않았다. 나뭇잎에 이는 바람 소리만 들릴 뿐이었다.

"여기가 네 집이야?"

하비는 대꾸도 하지 않고 빈터를 유심히 살폈다.

나는 침을 꼴깍 삼켰다.

"가서 제대로 보자. 그럼 기억이 나지 않을까?"

하비는 여전히 말이 없었다. 하지만 이내 내 뒤를 따라왔다. 우리는 침입자처럼 몸을 바짝 낮춰 빈터를 빙 돌아 정령 바위 쪽으로 다가갔다. 정령 바위 뒤에 쭈그리고 앉아 몸을 숨겼다.

"집…."

차가운 잿빛 바위에 손바닥을 대며 혼잣말을 내뱉었다. 부드러운 바람이 불어왔다. 정령 바위에 기대 이제는 내 집이 아닌 달빛이 내려앉은 끝없는 숲을 바라보았다.

"하비, 맞아?"

하비를 툭 치며 물었다.

대답이 없었다. 나나의 울음소리도 아무 소리도 들리지 않았다. 빈터는 불길할 정도로 적막했다.

불꽃이 칙칙 튀며 주위를 밝혔다. 가슴이 두근거렸다. 하비에게 손짓해 모닥불 가까이 다가갔다.

모닥불 위로 높은 걸이대에 고기 한 덩이가 대롱대롱 매달려 연기에 익고 있었다. 허기진 배가 요동쳤다. 구운 헤이즐넛 이후로 이-풀 말고는 아무것도 먹은 게 없었다. 주위를 슬쩍 둘러보고는 훈제된 고기를 살짝 떼어 냄새를 쿵쿵 맡았다. 그러고는 입 안에 던져 넣었다. 씹을 필요도 없이 입에서 살살 녹았다. 햄과 비슷했지만 햄보다 덜 붉고 더 자연스러운 맛이었다. 고기를 한 점 더 떼어 하비에게 건넸다. 하비는 눈을 감고 말없이 우물우물 씹었다.

불안한 눈으로 하비를 보았다. 하비는 왜 아무 대꾸도 하지 않을까? 뭔가 잘못된 걸까? 나는 빈터를 둘러보았다. 혹시 이곳이 아닌 걸까? 내가 엉뚱한 곳으로 하비를 데려온 걸까? 하비가 기억하는 집이 아닌 걸까? 거대한 발자국과 그림자를 떠올렸다. 이곳은 다른 사람의 집일까?

"하비? 네 집이 맞아?"

나는 입술을 깨물었다.

"집⋯."

하비는 끄덕이며 내 말을 멍하게 따라했다.

그러고는 고개를 푹 숙였다. 나는 타고남은 잿더미와 작은 움막과 불 위에 버려진 듯 덩그러니 걸린 고깃덩이를 바라보았다. 왜 아무도 없지? 왜 하비를 맞으러 달려 나오지 않지? 왜 아무도 하비를 찾지 않지? 병원에서 도망쳤을 때 아빠가 라몬트에게 전화를 걸어 숲을 찾아봐 달라고 했던 게 기억났다.

사람이 없는 집은, 가족이 없는 집은 집이 아니었다. 하비가 손자국을 보며 했던 말이 생각났다. 내 사람들, 사라졌다. 정말 하비의 부족이 다 사라진 걸까? 하비 혼자 살아남은 걸까? 이 세상에 남은 사람이 오로지 나 혼자면 어떨까 상상하니 가슴이 아팠다. 하비의 팔을 어루만졌다.

하비는 발갛게 타는 숯만 바라볼 뿐이었다. 기억이 돌아온 걸까? 여전히 아무것도 기억나지 않을까? 하비를 도울 방법은 없을까?

움막을 덮은 동물 가죽이 바람에 요란스럽게 펄럭였다. 움막을 가만히 보았다. 어쩌면 나나가 저곳에 있지 않을까? 작은 아기가 짚을 꼬아 만든 잠자리에서 부드러운 사슴 가죽 담요를 덮고 누운 모습을 상상했다. 머릿속을 떠도는 그림자 사나이 생각을 떨쳤다. 날카로운 부싯돌을 손에 들고 날 공격할 기회를 엿보는 그림자 사나이가 머릿속에서 내내 날 따라다녔다.

입이 말라 침이 잘 삼켜지지 않았다. 모닥불 옆에 쌓인 땔감 더미에서 기다란 막대기를 하나 집었다.

"집 안을 한번 살펴보자."

나는 하비에게 말했다. 하비는 들은 척도 하지 않았다. 여전히 붉은 숯에서 눈을 떼지 않았다. 정신이 완전히 딴 데 팔린 사람 같았다. 나는 천천히 움막 쪽으로 발걸음을 옮겼다.

"에에에에에-에에에에에-케레에에에."

숲에서 별안간 희한한 소리가 들렸다. 하마터면 자빠질 뻔했다. 뒤꿈치를 들고 발끝으로 살금살금 걸었다.

막대기를 꼭 쥐고 움막 입구 옆에 서서 귀를 기울였다. 아무 소리도 들리지 않았다. 등 뒤 모닥불이 칙칙거리는 소리와 심장이 쿵쾅대는 소리만 들렸다.

입구를 덮은 가죽 덮개를 천천히 들어 올렸다. 움막 안으로 고개를 내밀었다.

33. 움막

움막 안은 짙은 어둠에 휩싸여 있었다. 입구로 비쳐든 달빛이 삼각형 모양으로 바닥에 떨어졌다. 바로 그 자리에 떠돌이 차림의 사람이 쓰러져 있었다. 나는 손으로 입을 틀어막고 뒷걸음질 쳤다. 이곳에 누군가… 있었다. 누군가가 잠들어 있었다.

사람은 미동도 하지 않았다. 금세 어둠에 적응한 눈으로 조금 더 자세히 살펴보았다. 사람이 아니었다. 동물 가죽으로 보이는 것들 더미였다. 이불을 개지 않은 침대처럼 더미는 제멋대로 흩어져 있었다. 움막 안을 구석구석 둘러보았다. 아무도 없었다. 빈 움막이었다. 움막 바깥처럼 거의 버려진 것 같았다. 스산한 바람이 불어와 몸이 부르르 떨렸다. 움막은 유령이라도 나타날 것처럼 으스스했다.

가죽 덮개를 다시 내리고 나가려는데 새어 들어온 달빛에 무언가 반짝거렸다. 움막 구석에서 작고 하얀 것이 은은하게 빛을 내고 있었다. 눈을 가늘게 뜬 채 어둠 속을 주시하며 망설였다. 저게 뭐지?

움막 안으로 천천히 들어갔다. 등 뒤에서 덮개가 내려와 움막은 다시 깜

168

깜해졌다. 달빛이 머물던 자리로 살금살금 향했다. 허리를 굽혀 조심스럽게 어렴풋이 빛나는 하얀 것을 주웠다. 크기는 손톱만 하고 손에 닿는 느낌이 어딘지 모르게… 익숙했다. 가느다란 달빛 한 줄기에 이리저리 비춰 보았다. 나는 숨이 턱 막혔다.

이빨이었다!

"사슴 이빨이잖아!"

어둠 속에서 혼잣말을 내뱉었다. 사슴 이빨이라니! 내 사슴 이빨과 거의 똑같았다! 맨델 숲에서 발견한 내 사슴 이빨! 반바지 주머니를 뒤졌다. 사슴 이빨은 여전히 주머니에 있었다. 하비에게 보여주려고 움막 밖으로 나갔다.

하비는 아까 그 자리에 그대로 서서 타버린 재를 바라보고 있었다.

"하비! 이것 좀 봐!"

나는 손을 내밀었다. 손바닥 위에 사슴 이빨이 놓여 있었다.

하비가 겁먹은 듯 뒤로 물러났다.

"왜 그래, 하비? 뭐가 잘못됐어?"

하비는 고개를 저으며 숨을 골랐다. 내 손바닥에서 사슴 이빨을 집어 들고 달빛에 비췄다. 갑자기 하비의 눈이 휘둥그레졌다. 사슴 이빨에 작은 구멍이 나 있었다. 내가 발견한 이빨과 똑같았다. 내 사슴 이빨도 보여주려고 주머니에 손을 넣었다. 그때 하비가 내 손목을 움켜쥐었다.

"나나. 이거 나나 사슴 이빨이다."

하비가 숨을 헐떡였다.

"나나 사슴 이빨이라고?"

하비의 말을 그대로 되물었다. 아기에게 사슴 이빨이 왜 필요했을까?

하비가 날 보며 내 손목을 꽉 쥐었다. 하비의 표정을 읽을 수 없었다. 혼란? 분노? 두려움?

"마마. 마마가 나나 사슴 이빨 만들어줬다. 마마? 마마 어디 갔어?"

"마마?"

나는 고개를 갸웃거렸다. 나나도 못 찾았는데 마마는 또 누구야?

하비가 내 손목을 놓고 눈을 크게 뜬 채 사방을 두리번거렸다. 갑자기 하비가 길 잃은 어린 아이처럼 보였다.

"마마, 마마 어디 갔어?"

34. 기억 안 나

"마마? 엄마 말하는 거야? 하비, 엄마 기억 나?"

내가 말했다.

하비는 손바닥 위 사슴 이빨을 내려다보며 눈을 끔뻑거렸다. 유령이라도 본 것처럼 갑자기 얼굴이 하얗게 질렸다.

"마마."

하비가 나나의 사슴 이빨을 움켜쥐며 눈을 꼭 감았다.

"기억 안 나! 아무것도 기억 안 나!"

"하비, 조금만 더 노력해봐. 네가 엄마만 기억해 낸다면…."

가슴이 쿵쾅거렸다. 나나는 엄마와 함께 있을 가능성이 컸다. 하비 엄마는 내가 집으로 돌아가는 방법을 알고 있을 수도 있었다. 나는 흥분에 차서 하비의 팔을 흔들었다.

"하비, 제발. 잘 생각해봐!"

하비가 내 손을 뿌리쳤다. 곰을 쫓을 때처럼 낮은 콧노래를 중얼거리기 시작했다. 무슨 말인지 도저히 알아들을 수 없었다. 이것도 영혼의 노래인가? 하지만 저번보다 하비는 훨씬 불안해 보였다. 하비의 노래 때문에 정신이 하나도 없었다.

"하비, 잠깐만! 네가 왔던 길을 찬찬히 떠올려봐. 넌 분명 여기에 있었어! 여기."

나는 발을 세게 굴렀다. 굳게 쥔 하비의 주먹을 잡고 흔들었다.

"네 손 안에 든 게 진짜 나나 사슴 이빨이라면 나나도 여기 있었다는 거잖아. 무슨 일이 있었던 거야? 잘 생각해봐. 적어도 노력이라도 해봐. 열쇠는 네가 쥐고 있어, 내가 아니라."

하비의 노랫소리가 점점 더 커졌다. 내 인내심은 거기까지였다.

"기억을 하고 싶은 거니, 안 하고 싶은 거니? 지금 네 모습이 어떤지 알아? 누가 무슨 말을 하든 귀 막고 '아아아아'만 되풀이하는 어린 애 같아."

울화가 벌컥 치밀어 하비의 손목을 홱 낚아챘다.

"그렇게 귀를 막고 도망쳐버리는 건 아무 도움도 안 돼. 아무것도 할 수 없다고! 아무것도!"

나는 얼굴을 하비에게 가까이 들이밀며 하비를 잡고 흔들었다.

"제발 내 말 좀 들어봐!"

하비가 노래를 그치고 눈을 떴다. 동굴과 밤하늘과 끝없는 우물처럼 깊고 까만 눈동자가 보였다. 그리고 눈동자에 비친 내가 보였다. 하비처럼 작고 어쩔 줄 몰라 하는 한 소년. 마음속에서 방금 내가 한 말이 울려 퍼졌다.

'그렇게 귀를 막고 도망쳐버리는 건 아무 도움도 안 돼…'

병원 복도에서 끽 소리를 내며 끌리던 운동화가 기억났다. 아기 새처럼 앙증맞은 다라의 입과 비키가 내 팔을 어루만지며 미안해하던 게 생각났다. 시끄럽게 울던 산까치와 그날의 열기와 내 마음을 뒤집어놓은 엄마의 울음소리와 숲으로 정신없이 도망치던 내가 떠올랐다.

하비의 손목을 놓았다. 하비가 벌건 손목을 문질렀다.

"널 나무랐던 말은 정확히 내가 한 행동이었어. 넌 지금 도망치고 있어. 무언가로부터… 달아나려는 거야. 도대체 여기서 무슨 일이 있었던 거니, 하비?"

나는 버려진 듯한 빈터와 집을 가리키며 말을 이었다.

"기억나지 않는 게 아냐…. 단지 기억하고 싶지 않은 거야. 왜냐하면… 왜냐하면… 어떤 일은…."

숨을 크게 들이쉬었다. 코에 호스를 끼운 채 수족관처럼 생긴 작고 투명한 침대에 가만히 누운 다라가 눈에 선했다.

"어떤 일은… 너무 버거워…. 감당할 수 없을 만큼 버거워서… 어떻게 해야 할지 알 수 없으니까…."

이야기를 하는 내내 하비가 험상궂은 눈으로 날 노려보았다. 이제는 고약한 냄새라도 맡은 것처럼 얼굴이 일그러졌다.

"촐리머룸! 나는 아무것도 기억 안 나."

하비가 경고하듯이 낮게 으르렁거렸다. 눈이 벌개지는 듯 하더니 뒤돌아 다리를 절뚝거리며 달리기 시작했다. 숲을 향해 언덕을 뛰어 내려갔다. 그림자가 길고 가늘게 늘어졌다.

"야! 하비! 뭐 하는 거야? 어디 가는지는 알고 가는 거야? 하비!"

나는 학교 정문에서 목줄에 묶인 채 짖어대는 작은 개처럼 애처롭게 외쳤다.

하비가 어둑한 숲 입구에 멈춰 섰다. 뒤를 돌아 날 흘끔 보았다.

"촐리머룸, 집에 가."

그러고는 그대로 달려가 어둠 속으로 사라졌다.

"난 네 목숨을 구했어! 야! 돌아와! 하비! 하비!"

나는 고래고래 소리를 질렀다.

하비는 나와 점점 멀어졌다. 수풀을 헤치며 달리는 소리만 들렸다.

"기다려! 하비! 잠깐만! 제발!"

하비를 따라갔지만 늦었다. 하비는 이미 자취를 감췄고 숲은 다시 고요해졌다.

이해가 되지 않았다. 하비가 이렇게 날… 버릴 순 없었다. 우리는 팀이었다. 나는 하비를 도왔고 우리는 서로를 돕고 있었다.

정신없이 숲속을 헤매다 그만 들장미 덤불에 발이 걸렸다. 넘어지면서 두꺼운 나뭇가지에 세게 부딪혔다. 손과 발로 땅을 짚고 잠시 그대로 있었다. 눈앞이 뱅뱅 돌았다. 머리를 조심스럽게 만져보았다. 커다랗게 혹이 부풀고 있었다. 손가락에 피가 묻어나지는 않았다. 하지만 너무 아팠다. 눈앞이 또렷이 보일 때까지 눈을 감았다 떴다. 어디선가 박하 향이 났다. 여전히 손과 발로 바닥을 짚은 채 킁킁거리며 고개를 들었다. 덤불 사이에서 노란 눈동자가 날 노려보고 있었다.

35. 스라소니

스라소니 한 마리가 눈앞으로 다가왔다. 살아있는 짐승의 온기가 느껴
졌다. 우리는 꼼짝도 않고 얼굴과 얼굴을 마주한 채 서로의 눈을 보았다.
스라소니는 숨을 내쉴 때마다 코를 벌름거리며 콧김을 뿜었다. 냄새가 고
스란히 전해졌다. 녀석의 이글거리는 눈빛이 내 눈을 꿰뚫을 것 같았다.
숨 막히는 적막 속에서 우리는 지독한 눈싸움을 했다. 녀석의 눈이 감기
려는 순간 내가 먼저 눈을 깜빡였다.

스라소니가 까만 주둥이를 쩍 벌렸다. 끈적한 침이 뚝뚝 떨어졌다. 날카
로운 송곳니가 보였다. 훅 끼치는 고기 냄새에 나도 모르게 몸을 뒤로 젖
혔다. 녀석은 여전히 내 눈을 뚫어져라 쳐다보며 기세등등하게 쉭쉭 소리
를 냈다.

나도 스라소니에게서 눈을 떼지 않은 채 천천히 뒤로 기었다. 녀석이 고
개를 낮추고 등을 동그랗게 말았다. 줄무늬 털을 앙상한 등뼈를 따라 꼿
꼿이 세웠다. 화가 난 듯이 귀를 씰룩거리다 뒤로 휙 재꼈다. 나는 간신히
숨을 쉬며 슬금슬금 뒤로 물러났다. 나 이제 어떡하지?

그때 기억났다. 영혼의 노래.

한 손으로 원을 그리며 주문을 외듯 웅얼웅얼 노래를 부르기 시작했다.

"빤·짝

빤·짝

짝은

별.

아름

답게…."

노란 호박색 눈동자는 흔들리지 않았다. 몸을 낮추고 궁둥이를 뒤로 쭉 빼며 체중을 뒤로 실었다. 우리 개 하워드 카터가 덤비기 직전에 취하는 자세였다.

심장이 터질 것 같았다.

"삐치…."

목소리가 흔들리며 기어들어갔다. 영혼의 노래가 통하지 않았다! 혼자서는 부족했던 모양이다….

"네…."

간신히 노래를 끝맺었다.

스라소니가 다시 쉬익 거렸다. 나는 마음을 단단히 먹었다. 심장이 뛰는 소리에 귀를 기울였다. 쿵 쿵 쿵 쿵 리듬을 따라 한 노래가 마음속에서 울렸다. 오래된 노래였다. 내가 아는 가장 오래된 노래. 태어나서 처음으로 배운 노래. 어렸을 적 아빠가 밤마다 침대맡에서 불러주던 노래였다.

노래를 조용히 허밍으로 불렀다. 아빠가 언제나 그랬듯 몸을 살짝 살짝 흔들면서.

스라소니가 귀를 세웠다.

나는 계속 부르며 천천히 천천히 뒤로 물러났다.

녀석의 노란 눈에서 눈을 떼지 않은 채 숨을 깊이 들이마셨다. 이번에는 노랫말로 불렀다. 하비처럼 외듯이 부르지 않았다. 노래했다. 자장가처럼 나지막이 불렀다.

"노를 저어라, 노를 저어라…."

스라소니는 당장이라도 덤벼들 태세 그대로 굳어 있었다.

"어둠 속으로, 어둠 속으로…."

목소리가 미세하게 흔들렸다. 하지만 그뿐이었다. 스라소니와 눈을 맞추는 동안 녀석의 용맹스러움이 내 마음에도 차올랐다.

"스라소니를 만난다고 해도…

놀라지 마라…."

스라소니가 눈을 깜빡거렸다.

나는 침을 꼴깍 삼켰다. 내 강인한 심장 위에 손을 얹고 다시 노래했다.

"노를 저어라, 노를 저어라."

영혼의 노래가 어둠 속으로 울려 퍼졌다. 나 혼자 부르는 게 아닌 것 같았다. 아빠의 목소리가 들렸다. 엄마도 함께 불렀다. 마치 늑대 한 마리가 울면 나머지 늑대가 함께 우는 것처럼. 서로의 부름에 응답하는 것처럼.

"어둠 속으로, 어둠 속으로."

눈앞에 몇 가지 장면이 빠르게 스쳐갔다. 별빛이 쏟아지는 강에서 아빠와 낚시했던 일, 날 안아주던 아빠의 든든하고 포근한 품, 달을 향해 날개

177

를 팔랑거리며 날아가던 하얀 나방, 생일 소원, 남동생.

"스라소니를 만난다고 해도."

녀석이 뒤로 물러났다. 몸짓이 흔들림 없이 무용수처럼 우아했다. 어쩌면 그게 내 모습이었다.

통했다! 내 영혼의 노래가 통했다! 놀라움과 기쁨이 뒤섞인 채로 웃었다. 입으로는 계속 노래를 불렀다.

"놀라지 마라."

어둠 속에서 눈을 깜빡이며 떨리는 손을 내밀었다. 갑자기 이 상황이 이해되었다.

"난 네가 두려워. 그리고 너도… 내가 두려운 거야."

바짝 마른입으로 속삭였다.

스라소니는 계속 뒷걸음질 쳤다. 윤이 나는 털가죽 아래 근육과 뼈가 파르르 떨렸다. 영혼의 노래를 계속 불렀다. 영혼의 노래는 단지 가사와 곡으로만 이뤄진 게 아니었다. 상대가 두렵다고 말할 수 있을 만큼 용감한 영혼이 깃든 노래였다. 상대도 두렵기는 마찬가지라는 것을 아는 영혼이 깃든 노래였다.

나는 점차 더 우렁차게 노래했다. 노래는 마음 깊은 곳에서 솟아나왔다. 때로는 화나 웃음이 때로는 눈물이 쉼 없이 흘러나오는 곳.

갑자기 스라소니가 납작하게 엎드렸다. 나는 움찔했다.

가느다란 휘파람 소리가 들렸다. 무언가 내 머리 바로 위로 날아와 스라소니 뒤편 나무에 꽂혔다.

녀석은 펄쩍 뛰어올라 달빛이 어룽거리는 덤불 속으로 사라졌다.

나는 몸을 땅에 바짝 붙였다. 무슨 일이 일어난 거지?

그 순간 발소리가 들렸다. 인간의 발소리였다. 숲을 헤치고 내 쪽으로 달려오고 있었다. 하비일 것이다. 하비가 날 구하려고 창을 던진 것이 틀림없었다. 불쑥 화가 치밀었다. 도움은 필요하지 않았다. 나는 내 자신을 훌륭하게 구하고 있었다.

자리에서 일어섰다. 캄캄한 숲을 헤치고 달려오는 그림자가 보였다. 나는 다시 털썩 주저앉고 말았다. 그림자는 믿을 수 없을 만큼 빠르고 거대했다. 하비와 닮은 구석이 조금도 없었다. 폭풍우 속에서 보았던 그림자였다.

36. 공격

몸을 땅에 바짝 붙이고 눈을 꼭 감았다. 쾅 쾅 육중한 발소리에 온몸이 진동했다.

어처구니없게도 그 순간 하워드 카터가 마당에서 물고 오는 개구리가 떠올랐다. 어떤 자세로 바닥에 붙어 있는지, 풀밭에서 어떻게 잠자코 있는지, 심지어 하워드 카터가 앞발로 툭툭 칠 때조차 어떻게 죽은 척을 하는지, 그러고서 하워드가 관심을 잃으면 어떻게 폴짝폴짝 뛰어 화단으로 돌아가는지 생각했다. 하지만 죽은 척을 하는 것은 너무 두려웠다. 쿵쾅거리는 발소리가 날 지나치자마자 벌떡 일어나려는데 뒤에서 꿍 하며 나무 둥치에 꽂힌 창을 뽑는 소리가 들렸다. 잠시 정적이 흐르다 다시 나뭇가지를 헤치고 풀밭을 가로지르는 발소리가 들렸다. 소리는 점점 희미해지더니 곧 사라졌다.

엉거주춤 자리에서 일어났다. 눈앞이 핑 돌았다. 발소리가 향하던 방향을 멍하게 바라보았다. 강으로 내려가는 정령 바위 반대편 비탈길이었다. 나는 떨리는 가슴을 쓸어내렸다.

창을 던진 사람은 누구였을까? 스라소니를 잡으려 했을까? 아니면…
나를? 숲 저 멀리 어디선가 늑대 우는 소리가 들렸다. 소리가 나는 쪽을
바라본 나는 흠칫 놀랐다. 하늘이 서서히 밝아오고 있었다. 동이 트고 있
었다. 아침…. 새로운 날이 오고 있었다.

문득 하비가 떠올랐다! 이런. 그림자 사나이와 하비가 사라진 방향이
같았다. 나는 머리를 세차게 흔들었다. 내가 지금 뭘 하고 있는 거지? 하
비에게 알려야 했다! 남자보다 먼저 하비를 찾아야 했다. 강 쪽으로 곧장
몸을 틀었다.

가시덤불이 맨 다리를 할퀴고 머리카락을 헝클어도 앞만 보고 달렸다.
가쁜 숨을 내쉬며 정신없이 뛰다가 그만 웅덩이에 발이 걸려 넘어졌다.
몸을 일으키는데 바로 옆에 익숙한 물건이 놓여 있었다.

심장이 쿵 떨어졌다. 천천히 집어 들고 반질하게 길이 든 부분을 감싸
쥐었다. 내 손바닥과 너비가 비슷했다. 뾰족하게 부러진 나무막대 끄트머
리를 매만졌다. 하비가 늑대에게서 날 구했을 때 뚝 하고 부러지던 소리
를 떠올렸다. 엄지로 막대 끝에 달린 부싯돌을 지그시 눌렀다.

"창이야."

주위를 둘러보았다. 이른 새벽의 숲은 옅은 푸른색 공기로 휩싸여 있었
다. 어디선가 찌르레기가 울었다. 틀림없이 하비의 창이었다. 하지만 하비
는 어디에 있지?

하비는 창을 손에서 놓는 법이 없었다. 창은 하비의 일부였다. 사냥을
할 때도 짐승과 맞설 때도 창이 필요했다.

"괜찮은 거지?"

나는 나지막이 되뇌었다. 하비는 틀림없이 가까이 있었다.

"하비!"

목소리를 낮춰 하비를 불렀다. 그림자 사나이도 근처에 있을 수 있었다. 나무에서 나무로 시선을 재빨리 옮기며 하비를 찾았다. 하비가 벌써 공격을 당했으면 어쩌지? 남자에게 붙잡혀 갔으면? 나는 마른침을 삼켰다. 만약 죽었으면? 귀를 바짝 기울였다. 하지만 새벽녘 숲이 깨어나는 동안 새들이 지저귀는 소리만 들릴 뿐이었다. 으스스한 새벽빛 속을 유심히 둘러보다 거대하고 허여멀건 나무를 발견했다. 어젯밤 하비와 내가 기대어 섰던 나무였다. 아빠의 셔츠가 걸려있던 나뭇가지를 알아볼 수 있었다. 그 나무가 틀림없었다. 거대한 나무 둥치를 한 바퀴 돌았다. 주변에 잔뜩 펴 있던 인동초 꽃을 닮은 꽃들이 보이지 않았다. 마치 이 빠진 자리처럼 휑한 빈터만 있었다. 원래 이런 곳이 있었는지 기억이 가물가물했다.

"하비?"

나는 빈터 건너편 나무 사이를 살피며 천천히 앞으로 이동했다. 엄마가 텃밭의 흙을 고를 때처럼 축축한 냄새가 훅 끼쳤다.

긴 풀을 가르며 걷는데 흙이 바스러지는 느낌이 났다. 아래를 흘끔 보고는 숨이 턱 막혀 휘청휘청 뒷걸음질 쳤다. 떨리는 손으로 나무 둥치를 꼭 잡고 겨우 눈을 떴다.

하마터면 발을 디딜 뻔한 바로 그 자리는 텅 비어 있었다. 끝이 안 보이는 어둡고 깊은 구덩이였다.

이게 뭐지?

조심스럽게 구덩이 가까이 다가가 거대한 구멍을 들여다보았다. 거의 차 한 대가 들어갈 수 있을 정도의 크기였다. 한 손으로 나뭇가지를 잡고 고개를 살짝 숙여서 안쪽을 자세히 보았다. 바닥이 보이지 않았다. 어제는 이런 구덩이가 없었다. 장담할 수 있었다. 바닥이 없는 거대한 구덩이가 하루아침에 생길 수는 없지 않나?

어리둥절한 채로 구덩이를 보고 있는데 이 주 전쯤 비키가 한 말이 떠올랐다. 신문에 실린 농부 이야기였다. 어느 날 밤, 농부의 밭에 갑자기 싱크홀이라 불리는 거대한 구덩이가 나타났다고 했다. 라몬트는 이미 싱크홀이라는 단어를 알고 있었다. 폭우가 내렸을 때 종종 일어나는 현상이라고 했다. 일종의 산사태와 비슷했다. 깊은 구렁을 가만히 바라보았다. 이건 분명 싱크홀이었다!

그때 싱크홀 속에 깜짝 놀랄 만한 물건이 보였다. 몇 미터 아래 얽히고설킨 나무뿌리에 걸린 파란색 천….

눈을 비비고 다시 보았다. 확실히 공상이 아니었다. 눈앞에 선명히 보였다. 하비의 이마를 감쌌던 파란 붕대였다.

"하비. 하비, 너 거기 있니?"

떨리는 목소리로 하비의 이름을 불렀다.

대답은 없었다.

37. 싱크홀

하비!

싱크홀 가장자리에서 뒷걸음질 쳤다. 내 마음도 무너지는 것 같았다. 벌건 눈으로 절뚝거리며 달리던 하비가 떠올랐다. 정신없이 뛰느라 발밑을 제대로 살피지 못 했을 것이다. 새카만 싱크홀은 눈에 잘 띄지도 않았다.

떨리는 내 손에 여전히 하비의 부러진 창이 들려 있었다. 하비는 떨어지면서 구덩이 옆으로 창을 던졌을 것이다.

"하비! 그리로 내려갈게. 내가 구해줄게."

떨리는 목소리는 울먹거림으로 바뀌었다.

나는 구덩이 쪽으로 조금씩 다가갔다. 흙과 자갈이 허물어져 어둠 속으로 굴러 떨어졌다. 잠시 후 텅텅 하고 바닥에 닿는 소리가 어렴풋이 들렸다. 갑자기 이곳이 어딘지 알 것 같았다.

"주술사의 우물."

나는 혼잣말로 속삭였다. 어렸을 때 주술사의 우물에 동전을 집어던지며 소원을 빌곤 했다. 그때 동전이 우물 바닥에 닿던 소리가 바로 저 소리였다. 시간이 지나며 구덩이는 낮은 돌 벽으로 둘러싸이고 사람이 떨어지지 않도록 십자형 금속 뚜껑으로 덮인 것이다. 오, 이런 하비! 나는 하염없이 어둠 속을 내려다보았다.

"하비! 내가 간다!"

아빠 가방을 벗어서 하비의 창과 나란히 내려놓았다.

새들이 우짖는 나무 꼭대기 위로 이른 아침 하늘이 황금빛 섞인 연한 살구 색으로 밝아왔다. 하지만 감탄할 겨를이 없었다. 숨을 크게 들이마셨다. 쿵쾅거리는 심장소리 사이로 숲에서 익숙한 새소리가 들려왔다. 아기 울음소리와 비슷한 소리.

나는 그 자리에 굳어버렸다.

"나나?"

나무 사이로 햇살이 쏟아졌다. 내가 지금 꿈을 꾸는 건가? 간절한 마음에 환청까지 들리는 건가?

구덩이 속에서 하비의 파란 붕대가 휘날렸다. 하비의 이름을 되뇌며 구덩이 쪽으로 조금 더 다가갔다.

울음소리가 또다시 들렸다. 틀림없이 사람 소리였다. 병원에 있는 다라가 생각났다. 다라의 일그러진 얼굴. 그 순간 무엇을 해야 할지 깨달았다. 하비가 그토록 바라던 것. 바로 나나를 찾는 것이다.

"내가 나나를 지킬게."

가방을 메고 창을 들었다. 싱크홀 둘레를 빙 돌아 나나의 울음소리가 나는 방향으로 언덕을 달려 내려갔다.

나무 사이로 이른 아침 햇살에 강물이 반짝였다. 몇 걸음 더 가니 뾰족 바위가 보였다. 잿빛으로 우뚝 선 뾰족 바위의 변함없는 모습에 마음이 조금 진정되었다. 갑자기 울음소리가 뚝 그쳤다. 나무 사이에 몸을 숨기고 강 하류와 상류를 두리번거렸다. 얼핏 무언가가 움직였다.

한 남자가 뾰족 바위 뒤편에서 모습을 드러냈다.

나는 고사리 수풀 속에 털썩 주저앉았다. 숨이 턱 막혔다. 그림자 사나이였다.

그때 또 아기 울음소리가 났다. 아까보다 훨씬 가까이서 들렸다. 심장이 터질 것 같았다.

계속 몸을 숨긴 채 남자를 훔쳐보았다.

몸집이 크고 가죽옷을 입고 턱수염이 까맣고 길었다. 남자는 허리 높이의 빠르게 흐르는 강물 속에 서 있었다. 거대한 손아귀에 자그마한 아기가 꼼지락거리며 울고 있었다.

손으로 입을 틀어막았다.

"나나."

나는 조용히 속삭였다.

38. 나나

그 자리에 가만히 서서 남자와 아기에 시선을 고정했다. 별안간 남자가 고개를 뒤로 젖히며 이상한 소리를 길게 토해냈다. 남자의 손 밖으로 아기의 맨 팔과 다리가 달랑거렸다. 아기가 빽빽 울었다.

남자가 날 봤을 리는 없었다. 나는 돌덩이처럼 조금도 움직이지 않았다. 남자가 갑자기 입을 다물고 눈을 부릅뜨더니 사방을 둘러보았다. 무언가를 아니면 누군가를 찾는 것 같았다. 남자에게서 눈을 떼지 않은 채 고사리 수풀 속에서 더 몸을 낮췄다.

남자는 첨벙거리며 물살을 헤치고 몇 걸음 걸어가 납작하고 물기 없는 바위 위에 아기를 내려놓았다. 그러고는 곧장 내가 있는 방향으로 걸어왔다. 심장이 귓가에서 쿵쾅거렸다. 겁에 질린 나머지 도망은커녕 발을 뗄 수도 없었다. 남자가 날 봤을까? 얕은 물가에 이르자 남자는 돌연 걸음을 멈추었다. 허벅지에서 물이 뚝뚝 떨어졌다. 나는 숨을 죽였다. 남자는 고개를 돌려 우는 아기를 보았다. 주먹을 불끈 쥐고 눈을 이글거렸다. 나는 턱이 덜덜 떨렸다. 뭘 하려는 거지? 어쩌려는 거지?

갑자기 남자가 다시 소리를 질렀다. 나는 비명이 새어나가지 않도록 주먹으로 입을 틀어막아야 했다. 남자의 입에서 침이 마구 튀었다. 남자는 그 자리에 무릎을 꿇고 털썩 주저앉았다. 소리를 지르며 거대한 주먹으로 물을 치고 또 쳤다. 물방울이 온 사방에 튀었다. 물속 울퉁불퉁한 바위에 남자의 손이 찢겨 피가 배어나왔다. 남자는 알아차리지도 못 하는 것 같았다. 바위 위에서 아기는 분홍색 다리를 버둥거리며 악을 썼다. 나나!

나는 벌떡 일어나 소리치며 달려가고 싶었다. 머리 위로 날아오던 창과 빠르게 달리는 발소리, 나무에 꽂힌 창을 뽑는 남자의 괴성이 떠올랐다. 남자는 날 죽이려고 했을까? 머리에 상처를 입고 쓰러져 있던 하비부터 천천히 되짚어 보았다. 단순한 사고가 아닌 걸까? 이 남자가 하비를 죽이려고 했던 걸까? 그러고서 나나를 납치한 걸까? 하비가 기억하고 싶지 않은 사실이 이것일까? 나는 따끔거리는 고사리 수풀 속에 얼굴을 처박았다. 걷잡을 수 없는 두려움에 눈을 질끈 감았다. 이대로 모든 문제가 사라지기라도 했으면 좋겠다는 듯이.

나나는 목이 쉴 정도로 빽빽 울었다. 나는 귀를 막고 말았다.

갑자기 주위가 조용해졌다. 귀에서 손을 떼고 고개를 들었다. 남자가 일어서서 가슴을 크게 들썩이며 아기 쪽을 보고 있었다. 그러고는 물을 첨벙거리며 아기에게 다가갔다. 남자의 굵직한 종아리는 빠르게 흐르는 물살을 쉽게 갈랐다. 나나는 계속 울었다. 나는 식은땀이 흘렀다. 남자가 대체 뭘 하려는 거지?

아기를 올려둔 바위 앞에 선 남자는 허리띠에 매단 가죽주머니에서 뭔가를 꺼냈다. 처음에는 무엇인지 알아볼 수 없었다. 하지만 이내 손으로 입을 막았다. 칼처럼 보였다. 하비의 창촉과 비슷하게 생긴, 돌을 날카롭게 갈아 만든 칼이었다. 남자는 아기를 내려다보았다. 나나는 지쳤는지 울음소리가 가냘파졌다.

남자의 손이 바빠지더니 칼을 머리 위로 들어올렸다. 팔뚝에 물과 섞인 핏방울이 흘러내렸다. 아기의 비명에 귀가 멎을 것 같았다.

"안 돼! 안 돼! 제발 아기는 안 돼!"

가슴이 타들어가는 것 같았다.

나는 입을 열었다. 당장 그만두라고 소리치려고 했다. 하지만 두려움이 목구멍을 틀어막았다. 나는 한 마디도 내뱉지 못 했다. 아기는 여전히 울부짖었다. 남자가 아기 위에서 칼을 들었다. 남자의 손이 떨렸다. 나는 더 이상 지켜볼 수 없었다.

남자는 마음이 바뀌었는지 칼을 물에 빠뜨렸다. 그러고는 주워서 몸에 닦은 후 허리띠 주머니에 다시 넣었다. 나는 천천히 안도의 한숨을 내쉬었다.

위험이 지나간 걸 알기라도 하듯 나나의 울음소리가 잦아들었다. 그래도 나는 그림자 사나이에게서 한시도 눈을 떼지 않았다. 남자는 강을 둘러보더니 나나를 덥석 안았다. 나나는 몸부림을 치며 다시 울어댔다. 남자가 뾰족 바위 쪽으로 물살을 가르며 걸어갔다. 뾰족 바위 근처에 나무로 만든 카누가 눈에 들어왔다. 손가락처럼 생긴 바위에 밧줄로 묶여 있었다. 남자는 카누에 우는 나나를 눕혔다. 그러고는 화가 난 얼굴로 손을 옆구리에 얹고 나나를 내려다보았다.

189

남자는 돌아서서 죽은 자의 동굴 쪽 상류를 향해 성큼성큼 걸어갔다. 나무에 가려 더이상 보이지 않을 때까지 남자를 지켜보았다. 나는 숨을 천천히 내쉬었다. 그제야 다리가 저리는 게 느껴졌다. 오래 쪼그리고 앉은 탓에 쥐가 난 것이었다. 다리에 피가 통하도록 살살 흔들었다.

눈을 크게 뜨고 몸을 땅에 바짝 붙이고 징검다리 쪽으로 슬금슬금 기어갔다. 하비의 창을 발견했던 갈대밭에 숨어 카누를 뚫어져라 보았다. 나나는 보이지 않았지만 세차게 들이치는 물살 위로 울음소리가 들렸다.

쉽사리 발이 떨어지지 않았다. 남자가 강물을 내리치며 쩌렁쩌렁하게 소리치던 장면이 자꾸 떠올랐다. 나나 위에서 칼을 쥐고 부들부들 떨던 손과 팔뚝을 타고 흘러내리던 핏물. 이가 딱딱 맞부딪치며 떨렸다. 남자는 아기를 죽이려고 했는지도 모른다. 아마 그랬을 것이다.

하비는 어떻게 됐을까. 끝이 안 보이는 어두운 구덩이를 생각하자 나도 모르게 눈물이 고였다. 흐느낌이 새어나오는 입을 틀어막았다. 인정할 수밖에 없었다. 하비는 죽었을 것이다.

아기를 내버려두고 갈 수는 없었다. 어떻게 해야 할까? 어떻게 해야 할까?

불과 몇 시간 전 달빛 아래 바로 이곳에 서 있던 하비가 떠올랐다. 아기 울음소리를 들었을 때 하비의 표정. 아무것도 생각하지 않고 곧장 소리가 나는 쪽으로 달려가던 발걸음.

"나나."

나는 혼잣말을 내뱉었다.

강에 쓰러져 있었을 때도 하비는 동생의 이름을 부르고 또 불렀다. 하비

190

에게 나나는 세상 그 무엇보다도 소중했다. 하비의 단 하나의 바람은 나나를 찾아서 지켜주는 것이었다. 하지만 이제 하비는 없다. 나는 눈물을 삼켰다.

숨을 크게 들이쉬었다. 몸이 부르르 떨렸다. 하비의 부러진 창을 꽉 쥐었다. 나는 무엇을 해야 할지 알았다.

갈대 사이로 소리 없이 잽싸게 이동했다. 죽은 자의 동굴 쪽 상류를 바라보았다. 눈에 보이는 곳에는 일단 남자가 없었다. 하지만 서둘러야 했다. 남자가 언제 돌아올 지 알 수 없었다.

어제 내린 비로 징검다리가 반쯤 물에 잠겼다. 하지만 강을 건너기에는 징검다리가 가장 얕은 곳이었다. 허리를 굽혀 첫 번째 돌에 발을 디뎠다. 운동화로 물이 스며들었다. 물이 얼음장처럼 차가웠다. 강바닥에 물고기의 은빛 비늘이 살랑거렸다. 강물이 종아리에 튀었다.

뾰족 바위에 다다랐다. 살금살금 물살을 헤치고 바위의 낮은 턱에 올라섰다. 동이 완전히 터서 반짝거리는 잔물결에 눈이 부셨다. 손차양을 하며 눈을 가늘게 뜨고 상류를 바라보았다.

남자가 보였다. 동굴 근처 강에 서 있었다. 나의 세계에서는 다리 부근이었다. 천천히 숨을 죽인 채 뾰족 바위 뒤로 움직였다. 심장이 빠르게 뛰었다. 차가운 바위에 등을 기댔다. 날 보진 못 했겠지?

슬쩍 다시 남자를 훔쳐보았다. 남자는 강가 납작한 바위 앞에 서서 몸을 구부리고 있었다. 바위에 물고기가 파닥거리는 게 보였다. 남자가 물고기의 배를 칼로 갈라 내장을 끄집어내고 물에 재빨리 헹궜다.

나는 뾰족 바위 뒤에서 살금살금 움직였다. 뾰족 바위를 벗어나면 몸을 숨길 곳이 없었다. 남자가 고개를 돌리기만 하면 곧장 날 볼 수 있었다. 심장이 쿵쾅거렸다.

최대한 눈에 띄지 않아야 했다. 물속에 엉거주춤 앉아 카누가 있는 쪽으로 조용히 다가갔다. 눈으로는 남자의 움직임을 살폈다. 남자는 물고기를 여러 마리 손질하는 것 같았다. 분주하게 몸을 놀리며 손을 물에 담갔다 빼기를 반복했다 .

카누 속을 흘깃 보았다. 나나! 사이렌 같은 나나의 울음소리에 정신이 혼미했다. 나나를 놀라게 하지 않으려고 숨을 죽였다. 나나는 아주 작았다. 다라처럼 태어난 지 며칠 안 된 아기 같았다. 하지만 울음소리는 몇 백 배 더 우렁찼다. 팔과 다리를 버둥거리며 귀가 따갑도록 울어댔다. 슬며시 고개를 들어 남자를 살폈다. 여전히 등을 보이고 있었다. 하지만 서둘러야 했다.

창을 허리띠에 끼우고 몸을 굽혀 나나를 안았다. 카누 뒤에서 몸을 낮춰 나나를 품에 안고 얼렀다. 다라를 이렇게 안아주었더라면….

"나나…. 나나…."

나는 나나를 달래며 속삭였다. 나나가 서서히 울음을 그치고 까맣고 까만 눈으로 내 얼굴을 빤히 바라보았다. 하비의 눈처럼 다라의 눈처럼 그리고 내 눈처럼 까만 눈동자로. 나나는 젖을 빠는 시늉을 하며 작은 입술을 오물거렸다.

숨을 크게 들이마셨다. 지금이 아니면 기회는 없었다.

나나를 품에 바짝 끌어안으며 일어섰다. 그 순간 남자가 고개를 돌렸다.

우리는 눈이 마주쳤다. 남자가 소리를 지르며 물고기를 던졌다. 물살을 헤치며 날 향해 달려왔다.

　나나를 꽉 끌어안았다. 허둥지둥 징검다리를 건넜다. 강변 모래밭을 향해 있는 힘을 다해 뛰었다.

39. 작은 빈터

강둑을 뛰어 올라 숲으로 들어갔다. 남자보다 앞섰지만 남자는 거대한 몸으로 빠르게 날 쫓아왔다. 게다가 나는 아기를 안고 있었다. 덤불을 헤치며 달리다 그만 발이 걸려 검은딸기나무 덤불 속으로 넘어졌다. 하지만 멈출 수 없었다. 뒤에서 남자가 고함을 질렀다. 남자는 그리 멀지 않은 곳에 있었다. 정령 바위 언덕은 아기를 안고 올라가기에 너무 가팔랐다. 오른쪽으로 방향을 홱 틀었다. 언덕 측면은 경사가 완만하고 덤불도 덜 무성했다. 뒤에서 수풀을 헤치고 달려오는 남자의 발걸음 소리가 들렸다.

나는 숨이 점점 거칠어졌다. 바위를 뛰어 넘으며 낮은 나뭇가지 아래를 통과했다. 좁은 오솔길을 뒤덮은 고사리 수풀 사이로 뛰었다. 고사리들이 땅에 납작하게 누웠다. 흙이 반쯤 드러난 길을 쉬지 않고 달렸다. 나나를 안고 가느라 팔이 떨어질 것 같았다. 나나는 별로 힘든 기색이 없었다. 심지어 울지도 않았다.

눈앞에 작은 빈터가 나타났다. 맨땅으로 햇살이 쏟아져 내렸다. 남자가 쫓아오고 있었지만 잠시 멈춰 숨을 골라야 했다. 심장이 터질 것 같았다.

헐떡이며 나무 그늘 속으로 들어갔다. 여전히 남자의 발소리에 귀를 기울였다. 믿을 수 없게도 남자의 발소리가 점점 멀어졌다. 정령 바위로 오르는 언덕 부근에서 길이 엇갈린 게 틀림없었다.

"다른 길로 갔나봐."

나나에게 속삭였다.

나나를 품에서 살살 흔들며 빈터로 나갔다. 축축한 어깨에 내려앉은 햇살의 온기가 포근했다. 눈을 감고 해를 향해 고개를 들었다. 입맞춤처럼 부드러운 바람이 불어와 얼굴을 스쳤다. 머리 위에서 나뭇잎이 팔랑거리고 작은 새들이 지지배배 재잘거렸다. 고개를 숙여 나나를 보았다. 연한 동물 가죽에 감싸인 나나는 곤히 자고 있었다. 나나를 살짝 들어 올려 가냘픈 숨결을 느꼈다. 내 뺨에 서늘한 들숨과 따스한 날숨이 닿았다. 곱슬곱슬한 머리카락에 입을 맞췄다. 어느새 요동치던 내 심장이 차분히 가라앉았다. 숨을 헐떡이지도 않았다.

나나의 완벽하게 작은 손가락을 쓰다듬었다. 나나는 앙증맞은 손가락을 쭉 펴며 내 손가락을 찾아 움켜쥐었다. 마치 반지를 낀 것처럼 손가락이 죄었다. 눈물이 핑 돌았다. 다라에게 손을 내밀었다면 다라도 이렇게 내 손을 잡았을까. 눈을 감고 나나를 살살 얼렀다. 나나를 다라라고 상상하는 내 자신을 가만히 내버려 두었다. 아침 햇살처럼 따뜻하고 환한 빛이 내 몸을 가득 채웠다. 비록 제대로 인사도 못 나눴지만 이미 마음 깊이 다라를 사랑하고 있었다. 그 자리에 얼마나 서 있었을까. 나나가 눈을 떴다. 동그란 눈동자로 날 빤히 바라보았다. 하비가 여동생을 얼마나 사랑했을지 그리고 하비를 더이상 만날 수 없다는 사실에 눈물이 났다.

하비를 도왔어야 했다. 하비의 마음을 이해해야 했다. 하비는 내가 두려운 야생과 당당히 마주하고 버티도록 도왔다. 나나가 내 품에서 몸을 꿈틀거렸다. 문득 병원에서 풍선을 들고 지나가던 여자아이가 떠올랐다. 나는 풍선을 터뜨리고 싶었던 마음과 비슷한 열망에 휩싸였다. 이번에는 내몸이 펑 하고 터질 것 같았다. 다라가 태어나기 전에 하비를 만났더라면 나는 달랐을 지도 모른다. 어쩌면 더 용감해졌을 테고, 어쩌면 그렇게 도망치지 않았을 것이다.

"하비, 너도 도망치지 말아야 했어…."

새들이 지저귀는 나무 꼭대기를 바라보았다. 내가 도울 수 있었더라면, 하비가 두려워하는 게 무엇이든 마주할 수 있도록 도왔더라면…. 나는 고개를 떨궜다.

"내가 지킬게."

나는 혼잣말을 중얼거렸다. 하비가 가장 원하는 것이 나나를 지키는 것이니까. 하지만 어깨가 이내 걱정으로 축 처졌다. 어떻게 나나를 지킬 수 있을까? 나는 겨우 열두 살이었다. 아기를 돌보는 법도 몰랐다. 심지어 집도 아니고 석기 시대에 혼자 덜렁 떨어져 있었다.

머리 위로 구름이 흘러가며 주위가 어둑해졌다. 한 가지는 확실했다. 이곳은 안전하지 않다는 것. 그림자 사나이가 언제 어디서 나타날 지 알 수 없었다. 머리를 굴려야 했다. 어떻게 할지 결정해야 했다.

눈을 비비고 주위를 샅샅이 둘러보았다. 빈터에 커다란 버드나무가 두 동강이 난 채로 쓰러져 있었다. 쓰러진 지 얼마 되지 않은 것 같았다. 아직 이파리가 달렸고 얽히고설킨 뿌리에는 축축한 흙이 엉겨 붙어 있었다.

나무 가까이 다가갔다. 나무의 쩍 갈라진 부분이 시커멓게 변하고 타는 냄새를 풍겼다. 폭풍우가 칠 때 벼락을 맞아 쓰러진 것 같았다. 나무의 맨질맨질한 껍질 위에 한 손을 올리고 하늘을 향해 고개를 들었다. 다른 손에서는 나나가 꼼지락거리며 힘없이 울었다. 한때 뿌리가 똬리를 틀고 있었을 움푹 파인 땅을 내려다보았다. 싱크홀처럼 깊고 어둡지 않았다. 훨씬 얕은 구덩이였다.

순간, 나는 숨이 멎을 뻔했다.

구덩이 안에 한 여자가 누워 있었다. 동물 가죽옷을 입은 채 잠을 자고 있었다. 여자는 아름다웠다. 길고 까만 머리카락이 후광처럼 머리 둘레에 동그랗게 펼쳐져 있었다. 얼굴이 희고 창백한 입술은 옅은 미소를 머금었다. 두 손을 배 위로 헐렁하게 맞잡았는데 목에는 목걸이, 팔에는 하비의 것과 비슷한 실 팔찌를 하고 있었다. 여자의 오른편에 창이 놓여 있었다. 거의 새하얀 색이었다. 구덩이 가장자리에 흰색과 분홍색, 회색 수정이 뿌려져 있었다. 바닥에는 꽃잎과 나뭇잎, 아주 고운 깃털이 깔려 있었다. 그 위에 잠든 여자는 편안해보였다.

나나가 꿈틀거리고 내 심장도 두근거렸다. 어쩌면 여자가 우리를 도와줄 수 있을 지도 모른다.

등 뒤에서 퍽 하는 소리가 들렸다. 고개를 뒤로 채 돌리기도 전에 누군가 내 머리카락을 낚아챘다. 거친 손이 내 입을 틀어막았다. 나는 손을 물었다. 세게!

"아아악!"

남자 목소리였다. 손아귀의 힘이 약해진 순간을 틈타 재빨리 남자의 손에서 빠져나왔다.

그러고는 뒤돌아 서서 남자를 똑바로 보았다. 그림자 사나이였다. 나나가 울음을 터뜨렸다. 남자는 허리의 돌칼을 향해 손을 뻗으며 천천히 우리에게 다가왔다. 나는 나나를 흘끗 보고는 뒤로 물러났다. 심장이 빠르게 뛰었다. 주위를 둘러보아도 숨을 곳이 없었다.

허리띠에 꽂힌 하비의 부러진 창을 잡았다. 나나가 팔다리를 버둥대는 통에 하마터면 떨어트릴 뻔했다. 창이 꿈쩍도 하지 않았다. 창을 꺼내려고 안간힘을 쓰며 계속 뒷걸음질 쳤다. 바로 뒤에는 구덩이였다.

"쉬이, 나나. 울지 마, 응? 제발 울지 마."

나는 한 팔로 나나를 더 꽉 안았다.

발이 구덩이 가장자리에 걸렸다. 그림자 사나이도 거의 바로 앞까지 쫓아왔다. 구덩이를 빙 돌았다. 나와 남자는 구덩이를 사이에 두고 마주보았다. 여자를 힐끔 내려다보았다. 어찌된 일인지 이 난리법석인 상황에서도 깨지 않았다. 그 순간 내 다리가 휘청거렸다. 소름끼치는 깨달음이 머리를 스쳤다.

여자는 잠든 것이 아니었다. 죽은 것이었다.

40. 그림자 사나이

남자는 구덩이 앞에 멈춰 섰다. 구덩이에 누운 죽은 여자를 보고도 전혀 놀라지 않았다.

갑자기 이 상황이 이해되었다.

"당신이 여자를 죽였죠?"

나는 눈을 부릅떴다.

남자가 나를 노려보았다. 눈빛이 텅 비어 있었다.

구덩이 옆에 이끼로 뒤덮인 작은 땅이 있었다. 마치 둥지처럼 하얀 꽃이 둘레를 감싸고 있었다. 남자에게서 눈을 떼지 않은 채 나나의 이마에 입을 맞추고 푹신한 이끼 위에 조심히 눕혔다. 그러고는 허리춤에서 부러진 창을 흔들어 꺼냈다. 양손으로 창을 꽉 잡았다.

남자의 눈이 커졌다. 가쁜 숨을 내쉬며 창과 내 얼굴을 번갈아 보았다.

"창 네 것 아니다."

남자가 서슬 퍼런 목소리로 외쳤다.

"네. 제 것 아니에요. 하비 거예요."

나도 기죽지 않았다.

남자는 전기에 감전이라도 된 듯이 크게 휘청거렸다.

"하아아아비이이이 거요!"

나는 울분을 토해내듯 있는 힘을 다해 외쳤다. 창끝을 남자의 배에 겨눈 채 구덩이를 뛰어넘어 남자에게 덤벼들었다.

남자가 창의 자루를 한 손으로 잡았다. 창을 빼앗아 바닥에 팽개치고 내 멱살을 잡았다. 자세를 낮춰 얼굴을 내 코앞에 들이밀었다. 남자의 거친 숨이 뺨에 닿았다.

"하비 어디 있어?"

남자가 멱살을 쥔 손에 힘을 주었다. 숨이 막혔다.

남자는 나를 바닥에 거칠게 내던졌다. 찢긴 어깨로 바닥을 굴렀다. 나는 목을 움켜쥐며 숨이 넘어갈 듯 헉헉거렸다. 하비의 창이 떨어진 곳으로 기어갔다. 남자가 다가와 내 손을 짓밟았다. 나는 몸부림치며 비명을 질렀다. 남자가 발을 떼고 내 옆에 쭈그려 앉았다. 눈이 희번덕거리고 있었다.

"하비 어디 있어?"

남자는 어린 애에게 말하듯 천천히 물었다.

"하비 어디 있어?"

한 번 더 물었다. 목소리가 조금 더 커졌다. 돌칼을 쥔 주먹 마디가 새하얗게 변했다.

"죽었어요! 당신 때문에 죽었어요. 당신이 한 짓 때문에. 하비가 두려워한 게 당신이었어요. 하비를 도망치게 만든 게 당신이었어요. 당신이 하비를 죽인 거예요!"

나는 두려움과 분노로 온몸을 떨었다.

남자가 얼굴색 하나 변하지 않은 채로 날 노려보았다. 뱀보다 더 빠른 손놀림으로 내 머리채를 휘어잡고 질질 끌고 갔다. 내 머리를 쳐서 뒤로 젖혔다. 돌칼의 날카로운 끝을 내 목에 갖다 댔다. 귀에서 심장이 뛰는 소리가 들렸다. 그대로 정신을 잃을 것만 같았다. 눈을 부릅뜨자 새파란 하늘이 눈에 가득 들어왔다. 하늘에 한 편의 영화처럼 사진이 빠르게 지나갔다. 엄마 아빠 그리고 다라. 비키와 라몬트와 네로. 늑대와 곰과 스라소니. 하비와 나나.

"미안해."

나는 속삭이며 눈을 감았다.

차가운 돌칼이 내 목을 찔렀다.

49. 단어

돌칼의 날카로운 끝이 내 피부를 뚫고 이 모든 것이 끝나기를 기다렸다. 그때 남자의 손아귀 힘이 풀리면서 돌칼이 바닥에 떨어졌다.

남자가 무언가에 귀를 기울이는 게 흐릿하게 보였다. 남자는 날 바닥에 내팽개쳤다. 나는 쓰러져 숨을 헐떡였다.

내 귀에도 어렴풋이 목소리가 들렸다. 들릴 듯 말 듯 했지만 익숙한 목소리였다.

"촐리머룸!"

나는 흙바닥에서 고개를 벌떡 쳐들었다. 찢기고 멍든 상처 때문에 몸이 휘청였다. 하비였다. 하비! 하비가 살아있었다!

남자가 재빨리 소리가 나는 곳을 찾아 움직였다. 하비에게 어서 도망치라고 외치고 싶었지만, 입 밖으로 나오는 건 기침뿐이었다. 간신히 몸을 일으켜 허겁지겁 하비의 부러진 창을 잡았다. 남자가 이미 하비를 찾은 뒤였다. 거짓말처럼 빈터 구석에 하비가 서 있었다. 하비는 남자를 빤히 쳐다보았다. 달아날 생각도 없어 보였다.

"하비, 도망쳐!"

숨을 쌕쌕거리며 겨우 외쳤다.

하지만 늦었다. 이제는 달아나도 붙잡힐 게 뻔했다.

남자가 하비의 어깨를 거칠게 잡았다. 하비는 여전히 꼼짝도 하지 않았다. 그 자리에 가만히 서서 남자를 똑바로 쳐다볼 뿐이었다.

"파파."

하비가 모든 상황을 뒤바꿀 한 단어를 내뱉었다.

남자는 하비의 어깨를 꽉 안았다.

"아빠 돌아왔다!"

하비도 멍들고 피가 흐르는 팔과 진흙투성이 손으로 남자를 안았다.

남자는 목이 메는 목소리로 중얼거렸다. 얼굴을 하비의 머리카락에 비비며 정수리에 입을 맞췄다. 나는 놀라운 표정으로 이 광경을 바라볼 뿐이었다. 그림자 사나이는… 하비의 아빠였다.

나는 멀찍이 떨어져 하비의 아빠가 하비의 이마에 난 상처를 살펴보는 걸 지켜보았다. 상처를 감쌌던 붕대는 싱크홀에 떨어졌다. 두 사람의 말을 다 알아들을 수는 없었지만 하비는 어제 강에서 내가 구해준 일을 이야기하는 것 같았다.

하비가 날 가리켰다. 나는 하비를 향해 살짝 손을 흔들었다.

"촐리머룸."

하비가 아빠에게 말했다.

남자가 무표정한 얼굴로 나를 넌지시 보았다.

난 여전히 믿기지 않아 머리가 멍했다. 그림자 사나이가 하비의 아빠라니!

고개를 절레절레 흔들며 가슴을 쓸어내렸다. 하비가 조금만 늦게 왔어도 난 이미 죽은 목숨이었다.

그때 희미한 울음소리가 들렸다. 나나였다. 나나를 깜빡하고 있었다. 얼른 이끼 밭으로 가서 나나를 안았다.

나나의 얼굴빛이 누르뎅뎅하고 몸이 축 늘어졌다. 뭔가 잘못된 것 같았다. 분홍색 앙증맞은 입술은 새끼 새가 부리를 벌린 것처럼 벌어져 있었다. 하지만 나나의 입에서 이제는 아무 소리도 나지 않았다. 하비와 하비의 아빠에게 달려갔다.

내가 다가가자 둘은 대화를 멈췄다.

"나나야."

하비에게 나나를 건네주었다.

"나나!"

하비가 흙투성이 팔로 나나를 조심스럽게 받았다. 그러고는 품에 꼭 안았다. 나도 다라를 저렇게 껴안아줄 걸 후회가 되었다.

하비는 활짝 웃으며 나나의 얼굴에서 눈을 떼지 못 했다. 하지만 내가 느낀 것을 하비도 알아차렸다. 나나는 아까보다 더 늘어졌다. 하비의 얼굴에서 웃음이 걷혔다.

"나나 아파요?"

하비가 남자를 보았다.

"아프지 않다."

남자가 고개를 저으며 말을 이었다.

"나나 배고프다."

하비와 남자는 말없이 마주보았다. 눈만 보아도 서로의 마음이 통한다는 듯이.

"엄마 젖 못 줘요. 엄마 영혼 자요."

하비가 중얼거렸다. 얼굴이 일그러지며 어깨가 들썩였다.

남자는 고개를 끄덕이며 하비의 말을 되풀이했다.

"엄마 영혼 잔다."

거대한 남자가 나지막이 말하며 하비와 나나를 두꺼운 팔로 감싸 안았다. 눈물이 남자의 뺨을 타고 흘러 하비의 머리에 닿았다.

세 사람은 한동안 부둥켜안고 있었다. 빈터 구석 그늘 밑에 서서 그 모습을 가만히 지켜보았다. 세 사람은 구덩이 쪽으로 다가가 꽃잎과 깃털 위에 누운 여자 앞에 섰다. 하비가 휘청거리자 남자가 옆에서 잡아주었다. 하비는 나나를 품에 안고 구덩이 옆에 앉았다. 생각에 잠긴 채 말없이 여자를 바라보았다. 영원한 잠에 든 아름다운 여자는 하비의 엄마였다.

내 눈에도 눈물이 고였다.

여자에게 무슨 일이 있었던 걸까. 어쩌면… 아기를 낳다가 뭔가 잘못되었는지도 모른다. 하지만 어쩌면 무슨 일이 없었을 수도 있다. 겉으로 봐서는 알 수 없는 것이다. 가끔은 나쁜 일이 이유 없이 일어나기도 한다. 나쁜 일이 일어났을 때 할 수 있는 일이 아무것도 없을 때도 있다. 아무리 잊으려고 애를 써도 잊을 수 없고, 아무리 멀리 달아나려 해도 소용이 없을 때가 있다.

하비가 엄마를 보며 울었다. 나도 따라서 울었다.

하비를 보며, 나나를 보며 그리고 나를 보며 울었다.

엄마가 보고 싶었다.

42. 지켜줄게

나는 고개를 들었다. 남자가 내 쪽으로 다가왔다. 나는 코를 훌쩍이며 눈물로 얼룩진 뺨을 닦고 자세를 곧추세웠다. 하지만 남자는 날 지나쳐 빈터 끝까지 걸어갔다. 덤불을 헤치며 성큼성큼 가는 남자를 경계하는 눈으로 지켜보았다. 아무리 하비의 아빠라고 해도 마음을 완전히 놓을 순 없었다. 강에서 돌칼을 들고 선 남자의 모습을 잊을 수 없었다. 작고 어린 나나에게 하려고 한 짓을 도저히 지울 수 없었다. 도대체 남자는 왜 그랬을까? 그때 남자가 뜻밖의 행동을 했다. 허리를 굽혀 꽃을 따 모으기 시작한 것이다. 인동초 꽃을 닮은 크고 하얀 꽃이었다. 몸을 일으킨 남자가 날 보았다.

"젖 꽃이다."

남자는 무뚝뚝하게 말했다.

그러고는 하비와 나나에게 다가가 구덩이 가장자리에 같이 앉았다. 하비의 엄마 곁에 꽃을 둘 거라고 생각했지만 이번에도 예상이 빗나갔다. 남자가 하비에게 꽃을 하나하나 차례로 건넸다. 하비는 나나에게 꽃의 꿀을 빨아먹게 했다. 나나는 꽃을 빨고 또 빨더니 마침내 배가 찼는지 잠이 들었다.

"젖 꽃이라…."

나는 놀라워하며 되뇌었다. 아기에게 이 꽃이 하루에 얼마나 필요할까. 한 주에는, 한 달에는? 겨울에는? 입술을 깨물었다. 남자가 내 얼굴을 물끄러미 보았다. 나도 피하지 않았다.

그때 하비가 허리춤에 달린 작은 주머니에서 뭔가를 꺼냈다. 내가 움막에서 발견한 사슴 이빨이었다. 하비는 아빠에게 사슴 이빨을 보여주었다.

"나나 거. 마마가 나나에게 준 거."

남자가 엷은 미소를 띠며 고개를 끄덕였다. 가죽 주머니를 뒤지더니 가느다란 노끈을 꺼내 돌칼로 잘랐다. 그러고는 하비에게 건넸다.

하비가 이빨에 난 작은 구멍에 노끈을 꿰어 나나의 목에 느슨하게 걸어주었다.

"지켜줄게, 나나."

하비는 나나의 가슴 위 사슴 이빨 주위로 원을 그렸다.

그러고는 나나를 안아서 남자에게 넘겨주었다.

거대하고 사나운 남자도 부드럽게 원을 그리며 나나를 쓰다듬었다.

"지켜줄게, 나나."

남자가 일어나 도톰한 이끼 밭에 다시 나나를 눕혔다. 남자의 목에도 달랑거리는 게 보였다. 남자의 사슴 이빨은 더 누렇고 많이 긁히고 비바람에 닳은 것 같았다. 남자는 다시 구덩이로 돌아와 하비의 엄마 옆에 조심스럽게 무릎을 꿇고 앉았다. 달빛처럼 은은한 빛이 나는 아름다운 창을 들고 어루만졌다. 닳아서 반질해진 부분을 잡은 채 멈췄다. 하비 엄마가 오래 매만져 길이 든 흔적이었을 것이다. 하비 아빠는 눈을 감았다.

"고마워."

남자가 말했다.

"고마워요."

하비가 옆에서 말했다.

"고마워요."

나도 속삭였다.

하비 아빠가 창을 엄마 옆에 내려놓고 얼굴 쪽으로 손을 뻗었다. 나는 목을 쭉 내밀고 지켜보았다. 하비 엄마의 목에도 사슴 이빨 목걸이가 걸려 있었다. 남자는 사슴 이빨을 살짝 들어 뾰족한 끝으로 엄지손가락을 눌렀다.

손가락에 핏방울이 맺혔다. 피로 이마에 줄을 그었다. 하비 엄마의 이마에도 한 줄 그었다.

"잘 자."

하비 아빠는 몸을 숙여 하비 엄마에게 입을 맞췄다.

하비도 구덩이로 내려가 아빠 옆에 무릎을 꿇었다. 엄지손가락을 찔러 피를 내 이마에 줄을 그었다. 그러고는 엄마에게 입을 맞췄다.

"잘 자요."

하비가 말했다.

나는 이끼 밭에서 나나 옆을 지켰다. 나나의 작은 손을 쓰다듬었다. 나나는 자면서도 내 손가락을 세게 움켜쥐었다.

"잘 자요."

나도 멀리서 속삭였다.

구덩이 속에 옹기종기 모인 하비와 엄마 아빠를 보았다. 늑대 무리가 생각났다. 늑대들이 한 몸처럼 포개어 자던 모습이 떠올랐다. 함께 우짖으며 서로를 돌보던 울음소리가 생각났다. 가족이 그러는 것처럼.

우리 가족도 그랬다. 다들 어디에 있을까? 엄마는 병원에, 아빠는 집에, 다라는 수술을 마치고 작은 인큐베이터에 있을까? 그리고 나는 여기에 있다. 어서 집으로 돌아가고 싶다. 집에 가서 엄마 아빠와 다라와 힘껏 끌어안고 싶다. 아늑한 집에서 편안하게 쉬고 싶다.

"고마워요."

멀고 먼 곳에서 우리 가족을 향해 속삭였다.

내 손가락을 꼭 쥔 나나의 손가락을 살살 풀었다.

하비와 하비의 아빠가 엄마를 향해 나지막이 노래를 불렀다. 영혼의 노래가 조용히 울려퍼졌다. 나는 몇몇 단어를 알아들었다.

"엄마. 창. 아빠. 나나."

하비의 가족 이야기를 하는 것 같았다.

울창한 나뭇잎이 파르르 떨렸다. 무엇인가 휙 움직였다. 누군가가 우리를 지켜보고 있었다.

43. 붉은 수사슴 아이

　빈터의 가장자리에서 나뭇잎이 흔들렸다. 붉은 수사슴 한 마리가 빈터로 걸어 들어왔다. 몸집이 크고 털에는 황금빛 윤기가 흘렀다. 아름답고 정교한 뿔은 겨울나무 가지 같았다. 나는 꼼짝 않고 자리에 서서 사슴을 보았다.

　사슴도 날 보았다. 턱을 들어 올려 코를 실룩거렸다. 쫑긋 선 귀는 앞뒤로 팔랑거렸다.

　"난 널 해치지 않아."

　사슴을 향해 속삭였다. 내 말을 믿을 거라고 생각하지는 않았다. 사슴이 내 눈에서 눈을 떼지 않은 채 쿵쿵 앞발을 굴렀다. 잠시 후, 사슴 떼가 뛰어가는 소리가 숲에 울려 퍼졌다. 하얀 꼬리들이 나무 사이로 사라지는 게 어렴풋이 보였다.

　붉은 수사슴은 마지막 한 마리가 무사히 달아날 때까지 나를 보았다. 잠시 후 눈을 깜빡이더니 꼬리를 휙 돌려 나무그늘 속으로 사라졌다.

　"붉은 수사슴."

나는 혼잣말로 중얼댔다. 거대한 야생 가운데 서서 잠시나마 나도 야생의 일부가 된 듯 했다.

"촐리머룸."

그때 구덩이에서 하비가 내 이름을 노래하듯이 불렀다.

"붉은 수사슴 아이."

하비 아빠가 이어서 불렀다. 그러고는 하비의 머리를 쓰다듬었다. 눈에는 사랑이 가득했다. 영혼의 노래는 그렇게 끝났다.

"붉은 수사슴 아이."

나는 나지막이 따라했다. 분명 하비를 가리키는 이름일 것이다. 붉은 수사슴 아이.

하비가 날 돌아보며 씩 웃었다.

하비는 구덩이 위로 기어 나왔다. 우리는 쓰러진 버드나무 둥치에 나란히 걸터앉아 다리를 달랑거렸다. 아침 새가 여기저기서 재잘거렸다.

"붉은 수사슴 아이가 너지?"

내 말에 하비가 어깨를 으쓱 들어올렸다.

"나, 붉은 수사슴 아이다. 그리고 하비다."

하비는 한 번 더 싱긋 웃었다. 눈동자가 반짝거렸다.

"너는 누구, 촐리머룸? 아빠가 너 새파란 영혼이라고 했다. 엄마가 영혼의 잠에서 너 찾아서 여기 보냈다고 했다. 나 구하라고 보냈다고 했다."

하비가 골똘히 생각에 빠진 표정으로 말했다.

"나는 영혼이 아냐, 하비."

말하고서도 조금 의심스러웠다.

212

"영혼이 아니다!"

하비가 아빠에게 소리쳤다. 하비는 어딘지 신나 보였다. 아무래도 아빠와 내기를 한 것 같았다.

"아빠한테 너 영혼 아니라고 했다. 너 영혼의 노래도 모른다고 했다. 창도 못 던진다고 했다."

"그것 참 고맙군."

나는 살짝 눈을 흘겼다.

하비가 어깨를 으쓱했다.

"네 아빠는 왜 내가 영혼이라고 생각한 거야?"

하비가 이런 멍청이는 처음 본다는 표정으로 날 보았다. 고개를 절레절레 흔들며 내 가슴을 툭 쳤다.

"여기 사슴 이빨이 없잖아!"

하비는 누구나 다 아는 사실이라는 듯 큰 소리로 말했다.

나도 웃으며 하비의 가슴을 툭 쳤다.

"무슨 소릴 하는 거야, 하비? 너도 사슴 이빨 없잖아."

"잃어버렸다, 내 사슴 이빨."

하비가 고개를 푹 숙였다. 목소리가 너무 처량해서 나까지 어깨가 축 처졌다.

"미안해, 하비. 어쩌다 그런 거야?"

하비가 숨을 크게 들이마셨다. 그리고는 긴 이야기를 들려주었다.

"아빠가 사냥하러 갔다. 엄마는 배가 이만했다. 아기 태어날 때 다 되었다.

나는 엄마와 기다렸다. 아기 기다렸다.

엄마 얼굴이 달처럼 새하얬다. 돼지 먹어야 했다.

나 돼지 잡으러 갔다! 개암나무 타고 올라가 기다렸다.

기다리고 기다리고 기다렸다.

잠이 왔다. 눈 감고 보는 세상 들어갔다.

거기서 너 봤다! 촐리머룸.

눈 감고 보는 세상에서 너 봤다.

내가 네 이름 말했다."

하비가 내 옆구리를 쿡 찔렀다.

"기억나."

나는 풋 하고 웃으며 속삭였다.

"너 무서웠다, 촐리머룸."

하비가 배시시 웃었다.

"나도 너 무서웠거든. 꽁지가 빠지도록 집으로 도망쳤다고!"

나도 하비를 팔꿈치로 쿡 찔렀다.

하비의 눈동자가 반짝거렸다.

"나도 집으로 달려갔다. 말해주려고…."

하비의 표정이 어두워졌다. 머릿속에 구름이 낀 듯한 표정이었다.

"말해주려고…. 엄마한테…."

하비의 목소리가 떨렸다. 침을 꿀꺽 삼키고 다시 말을 이었다.

"밤이었다. 엄마가 소리 꽥 질렀다. 나 깼다.

아기 나왔다. 아기가 금방 나왔다.

나방 아이 나나."

하비가 나나가 있는 쪽을 물끄러미 보았다. 그러고는 한숨을 내쉬며 두 눈을 꼭 감았다. 하비가 떠올리고 싶지 않은 기억인 걸까? 하비는 또다시 입을 다물까? 그때 하비가 눈을 감은 채 기도하듯 조용히 읊조렸다.

"아침 왔다. 엄마 아팠다. 엄마 숲에 누웠다.

엄마 살려야 했다.

나, 어떻게 살리는지 몰랐다.

내 사슴 이빨 있었다.

엄마한테 줬다.

내 사슴 이빨 힘셌다.

여름 열두 번밖에 안 지났다.

엄마, 일어나요. 말했다.

엄마 숨 쉬지 않았다. 숨 안 쉬었다. 엄마 숨 안 쉬었다.

엄마 영혼의 잠 잤다.

나 달렸다.

언덕 내려갔다.

강 건넜다.

빠르게 빠르게 빠르게….

넘어졌다…."

하비가 갑자기 눈을 번쩍 떴다. 나도 움찔했다. 우리는 한참 서로를 마주보았다.

"…깨어보니 강가였다."

하비가 파란 붕대를 감았던 이마 상처를 가리켰다.

"그리고 옆에 너 있었다, 촐리머룸."

44. 사슴 이빨

마음이 울렁거렸다. 머리가 빙빙 돌았다.

미스터리였다. 도무지 풀 수 없는 수수께끼 같았다. 왜 그런 일이 일어났는지, 어떻게 일어났는지 알 수 없었다. 마치 단어 찾기 게임처럼 글자들이 다 흩어져 버린 것 같았다. 그러다 문득 어렴풋이 단어들이 보이기 시작했다.

"하비…"

내 목소리가 떨렸다.

무슨 말을 할 수 있을까? 하비는 그 일을 다시는 떠올리고 싶지 않아 했다. 잊고 싶어 했다. 기억을 완전히 지우고 싶어 했다.

하지만 영원히 피할 수는 없을 것이다. 아무리 슬픈 일이라고 해도.

햇살이 나뭇잎 사이로 비쳤다. 흰 나비 두 마리가 황금빛 햇살 속에서 빙빙 돌며 날아올랐다.

하비는 엄마가 나나를 낳다가 세상을 떠났지만 동생을 원망하지 않았다. 그런 하비가 놀라웠다. 나는 고개를 돌려 나나를 보았다. 꼼지락거리며 눈을 꼭 감고 쌔근쌔근 숨을 쉬는 하비의 아기 여동생.

"나나."

조용히 나나의 이름을 불렀다. 그건 나나의 잘못이 아니었다. 나나는 잘못을 저지를 수조차 없을 정도로 약했다. 그저 누군가가 지켜줘야 할 작은 생명이었다. 그리고 하비는 나나를 지킬 것이다. 무슨 일이 있어도.

"다라."

내 어린 동생 다라를 떠올렸다. 작은 플라스틱 어항처럼 생긴 바구니에서 꿈틀대던 다라. 무슨 일이든 일어날 수 있고 모든 상황은 변하기 마련이다. 그저 변하고 또 변하고 지금도 변하고 있다. 나는 긴 한숨을 내쉬었다. 그건 누구의 잘못도 아니었다.

"하비, 나 집에 가야 해."

나는 하비를 똑바로 보았다.

"네 집은 어디야, 촐리머룸?"

"멀어… 아주 아주."

그 순간 생각 하나가 번뜩 떠올랐다. 어떻게 생각하면 전혀 멀지 않았다. 바로 이곳이었으니까!

"멀어. 아주. 아주."

하비가 내 말을 따라했다.

그러고는 하늘을 바라보며 푸르스름한 유령처럼 희미한 달을 가리켰다.

"집?"

하비 목소리에 장난기가 묻어났다.

하비가 우쭐한 표정으로 씩 웃었다. 나는 팔꿈치로 하비의 옆구리를 쿡 찔렀다.

"아프다, 촐리머룸!"

하비가 옆구리를 문지르며 내 옆구리도 툭 쳤다.

"야, 너!"

머리 위 나뭇가지에서 새 한 마리가 빽 소리를 지르며 쏜살같이 날아올랐다. 산까치였다. 새는 하비 엄마가 누운 구덩이로 휙 곤두박질쳤다. 푸른빛이 언뜻 보였다. 그러고는 다시 날아갔다.

나는 주변을 찬찬히 둘러보았다. 경사의 각도와 땅의 모양을 유심히 살폈다. 여기가 어딘지 알 것 같았다. 집에서 멀지 않았다. 조금만 올라가면 정령 바위였다.

맨델 숲에서 이곳은 어제 미끄러졌던 나무 터널이었다. 그리고 거기서 나는….

"하비. 있잖아. 어제… 그러니까 어제 내가… 네 사슴 이빨을 주운 것 같아."

하비가 어리둥절한 표정으로 날 빤히 보았다.

"촐리머룸? 내 사슴 이빨 주웠어? 어디서 내 사슴 이빨 주웠어?"

"여기서. 바로 네가 놓아둔 그 자리에서."

하비의 엄마가 누운 구덩이를 돌아보았다.

"이대로 묻혀 있었어…. 이곳에…."

나는 말을 끝까지 잇지 못했다.

"어쩌면 네 아빠 말이 맞을지도 몰라. 네 엄마가 널 구하라고 날 이곳으

219

로 보낸 것 같아."

하비가 미간을 좁히며 물끄러미 날 보았다.

나는 주머니를 뒤적였다.

"손 줘봐."

하비의 주먹 쥔 손을 툭 쳤다. 하비가 손바닥을 펼쳤다. 하비의 거친 손바닥 위에 손가락으로 원을 그린 후 살며시 사슴 이빨을 놓았다. 하비의 입에서 낮은 탄성이 흘러나왔다. 사슴 이빨을 감싸 쥐도록 하비의 손가락을 하나하나 접어주었다. 그리고 하비의 주먹을 꼭 쥐었다. 꼭 꼭 꼭.

나는 하비의 세계에서 헤어질 때 쓰는 인사를 모른다. 하지만 어쩌면 그 말은 여러가지일지도 모른다.

"고마워."

하비가 말했다.

"고마워."

내가 말했다. 진심이었다.

"잘 지내."

하비의 짙고 짙은 눈동자를 들여다보며 속삭였다.

"잘 지내, 촐리머룸."

하비도 속삭였다.

나는 눈을 감았다.

45. 현재

따뜻한 공기 속을 헤엄치며 몸이 둥실 떠올랐다. 시원한 공기층에 닿자 눈이 번쩍 뜨였다.

귀가 뻥 뚫렸다.

나는 눈을 깜빡거렸다.

내가 나무 터널의 서늘한 초록빛 그늘에 서 있었다. 정령 바위 언덕 기슭에 있는 빈터에서 멀지 않은 곳이었다. 고개를 들자 푸르고 푸른 하늘 아래 정령 바위가 보였다.

어디선가 개가 짖었다. 산비둘기가 구구하며 울었다.

"하비?"

나무 사이를 두리번거렸다.

하비는 그림자조차 보이지 않았다.

귀를 기울이자 숲 바깥 길 쪽에서 붕붕 거리는 차 소리가 들렸다. 음악 소리와 비행기 소리도 어렴풋이 들렸다. 믿기지 않게도 하늘에 작은 비행기가 떠가고 있었다.

집이다! 집으로 돌아왔다!

나는 다시 눈을 꼭 감았다가 떴다.

나의 맨델 숲으로 돌아왔다! 발밑에 자갈이 깔려 있었다. 자갈 아래는 진흙과 바위가, 더 깊숙한 곳에는 구덩이와 오래된 이야기가 여전히 묻혀 있을 것이다. 쭈그리고 앉아 땅에 손바닥을 대고 이 자리에 오래전에 있었던, 동시에 어제 있었던 사슴 이빨을 생각했다.

"차아아알리이!"

내 몸이 그대로 굳었다.

"차아아아아아아아알리!"

이번에는 다른 목소리였다.

위쪽 정령 바위에서 울려 퍼지는 목소리는 하나도 낯설지 않았다.

두 손을 동그랗게 모아 입에 댔다.

"라아아아아몬트! 비이이이이이이키!"

나도 목청껏 외쳤다.

네로가 짖는 소리가 온 숲에서 메아리쳤다.

"네로! 네에에로오오오!"

나는 언덕을 달려 올라갔다.

"집!"

정령 바위에 하이파이브를 했다.

네로가 달려와 펄쩍펄쩍 뛰며 손과 팔과 얼굴을 핥았다.

"네로!"

나는 네로의 부드러운 뒷덜미를 마구 쓰다듬었다.

언덕 저편에서 라몬트가 모습을 드러냈다. 그 뒤로 비키가 따라왔다. 둘은 날 향해 달려왔다.

"찰리…."

라몬트의 말이 채 끝나기 전에 나는 두 사람을 꽉 안았다. 둘은 쭈뼛거리며 가만히 서 있기만 했다. 하지만 곧 날 끌어안았다. 아주 어렸을 때 이후로 셋이 부둥켜안은 적은 처음이었다. 팔을 푼 후 우린 멋쩍은 표정으로 웃었다. 옆에서 네로가 물개처럼 까만 털을 반짝이며 빙글빙글 돌았다. 꼬리가 안 보일 정도로 흔들며 짖었다.

"찰리? 너 꼭…."

비키는 내 머리가 열일곱 개는 되는 것처럼 빤히 보았다. 우리가 서로 알게 된 이후 처음으로 할 말을 잃은 것 같았다.

나는 진흙투성이에 핏자국까지 있는 내 몸을 흘깃 보았다. 그리고 어깨를 으쓱했다.

"촐리머룸."

해명하듯 주먹으로 가슴을 툭 쳤다.

라몬트와 비키가 마주보았다.

"뭐라고, 찰리?"

라몬트가 고개를 갸웃거렸다.

"너 도대체 어딜 갔다 온 거야?"

비키가 물었다.

46. 함께

"나는… 나는… 나는…."

내가 도대체 어딜 갔다 온 걸까? 어디서부터 어떻게 설명해야 할까?

"그게… 사실… 여기 있었어."

나는 더듬거리며 말했다.

"자, 이로써 찰리 메리엄은 뺑쟁이임이 밝혀졌습니다."

비키가 팔짱을 끼며 목소리를 높였다.

"뭐야, 찰리. 어서 말해봐."

라몬트도 한숨을 쉬었다.

라몬트와 비키의 얼굴을 차례대로 보며 사실대로 말하는 수밖에 다른 방법이 없다는 걸 깨달았다. 그래서 그렇게 했다. 사슴 이빨과 강에서 하비를 발견한 일과 끝없이 펼쳐진 숲, 폭풍우와 창과 동굴 벽화, 늑대 무리와 영혼의 노래, 그 모든 야생의 것들에 대해 말했다. 거대한 발자국과 모닥불과 잃어버린 아기까지 하나도 남김없이.

"나는 하비에게 사슴 이빨을 주었고, 너희가 내 이름을 부르는 소리를 들은 거야. 그 후로는 뭐, 너희도 알다시피 여기 이렇게 서 있지.”

나는 어깨를 으쓱했다.

비키와 라몬트가 입을 쩍 벌리고 눈을 동그랗게 뜬 채 날 보았다.

“뭐, 그렇게 된 거야.”

나는 숨을 고르며 말했다.

“그렇게 된 거야….”

비키가 마치 내 말이 외국어라도 되는 것처럼 따라했다. 그리고는 여전히 휘둥그레 뜬 눈으로 라몬트를 보았다. 라몬트는 턱만 쓰다듬었다.

“찰리….”

비키가 고개를 저으며 조르듯 말했다.

“비키! 갑자기 떠오른 생각인데 어쩌면 그곳으로 가는 길을 찾을 수 있을 것 같아. 이번에는 우리 다 같이 가자. 너희도 하비를 만나는 거야. 하비랑 친구가 되는 거지. 놀랍지 않아? 하비는….”

비키의 입술이 떨렸다. 금방이라도 울음이 터질 것 같았다.

“찰리, 헛소리 집어치워. 이건 게임이 아냐.”

라몬트의 목소리가 낮게 깔렸다.

배를 한 대 걷어차인 것 같았다.

비키가 라몬트에게 슬쩍 ‘뇌진탕’이라고 입모양으로 말했다.

몸이 파르르 떨렸다. 둘은 날 믿지 않았다! 세상에 단 둘뿐인 베스트 프렌드가 이 모든 일을 다 지어낸 얘기라고 생각하는 것 같았다. 네로가 옆에서 낑낑거렸다.

“어쨌든 고마워.”

들릴 듯 말 듯 이야기하고 고개를 돌렸다. 바보처럼 눈물이 고인 얼굴을 들키고 싶지 않았다.

"오, 찰리. 넌 단 두 시간 동안 사라졌을 뿐이야. 네 아빠는 경찰에 신고하기 직전이지만. 우리가 네 아빠에게…."

비키가 내 어깨를 잡고 어르듯이 말했다.

"두 시간? 무슨 두 시간? 그게 무슨 말이야?"

"몰라서 묻는 거야? 네가 사라진 시간은 딱 두 시간이라고. 나무 위에 숨어서 우리를 염탐하고 성질 나쁜 햄스터처럼 숲으로 도망친 후로 두 시간. 우리는 이 넓은 숲을 샅샅이 뒤지고 다녔어. 네가 저 덤불 사이에서 뛰쳐나오기 전까지."

라몬트가 쏘아붙였다.

"오늘 무슨 요일이야?"

나는 눈을 깜빡이며 천천히 물었다.

"얘 뇌진탕이라고 했잖아."

비키가 라몬트에게 속삭였다.

"찰리, 이제 그만해! 너는 무슨 요일이라고 생각하는데? 두 시간 전이랑 당연히 똑같은 요일이지! 토요일! 네 생일, 인마!"

라몬트가 버럭 화를 냈다.

"내 생일…."

나는 혼잣말을 중얼댔다.

갑자기 다리가 후들거렸다. 정령 바위에 몸을 기대고 마음을 가라앉혔다.

"하지만 나는… 분명히… 거기 있었어….""

"됐고. 중요한 건 널 찾았다는 거야. 그리고 네가 알아야 할 게 있어….""

라몬트가 말했다.

"중요한 일이야."

비키가 거들었다.

"그래, 중요한 일. 네 엄마 아빠가 지금….""

라몬트가 맞장구쳤다.

나는 라몬트의 손목을 낚아챘다.

"엄마? 아빠? 우리 엄마 아빠 지금 어딨어?"

"아파, 찰리! 이거 놔!"

라몬트가 손을 확 잡아 뺐다. 그러고는 휴대전화를 들여다보았다.

"네 아빠가 아까 보낸 메시지를 보면 널 찾으러 집으로 간다고 했어. 네 엄마는 병원이시고….""

정신이 번쩍 들었다. 병원!

"다라!"

나는 소리쳤다.

"찰리, 방금 네 아빠에게 메시지 보냈어. 다라는 지금 수술 중이야. 하지만 네 아빠가 괜찮을 거라고 하셨어."

비키가 살짝 미소를 지었다. 눈은 웃지 않았다.

몸이 순식간에 차가워졌다. 식은땀이 났다.

"아빠는 늘 괜찮을 거라고 해. 괜찮지 않으면 어쩌지?"

머리가 핑 돌았다. 입술을 깨물고 눈을 감았다. 하비 엄마가 떠올랐다.

227

늘 괜찮은 일이 일어나지는 않는다. 때로는 전혀 괜찮지 않은 일도 일어난다. 머리가 하얗게 변했다. 어찌할 바를 알 수 없는 익숙한 두려움이 날 덮쳤다. 또다시 다라와 다라에게 일어날 수 있는 최악의 상황으로부터 달아나고만 싶었다. 다라는 목숨을 잃을지도 모른다. 그럼 엄마 아빠는 영원히 슬픔에서 헤어 나오지 못할 것이다. 살 수 있다고 해도 아기 새처럼 약한 몸으로 살아야 할지도 모른다. 엄마 아빠는 평생 다라를 걱정할 것이다. 그리고 날 용서하지 않을 것이다. 이유야 어쨌든 동생과 처음 만나는 날 도망쳐버린 형이니까. 아무리 생각해도 용서받을 수 없는 일이었다. 아마 비키와 라몬트도 날 비난할 것이다. 이미 속으로 욕하고 있는지도 모른다.

심장 소리가 천둥보다 더 크게 들렸다. 귀를 막고 이 모든 것으로부터 도망치고 싶었다. 싱크홀이 입을 벌려 날 삼켜주었으면! 이곳을 벗어나 멀리멀리 사라지고 싶었다. 모든 것을 잊고 싶었다.

하지만 이번에는 도망치지 않았다. 불안한 마음을 억지로 밀어내지도 않았다. 발을 단단히 디뎠다. 주먹을 꼭 쥐고 생각했다. 내 손에 쥐었던 사슴 이빨을 생각했다.

"지킬 거야."

늑대들의 울음소리와 붉은 수사슴 떼가 달아나던 발소리, 돌벽에 난 하비 가족의 손자국을 생각했다. 하비. 하비가 날 어떻게 구했는지, 내가 하비를 어떻게 구했는지 생각했다. 영혼의 노래가 바람을 타고 가슴속으로 흘러들어왔다.

네로가 내 손에 코를 비볐다. 나는 네로의 부드러운 귀를 쓰다듬었다.

여전히 두려웠다. 여전히 겁났다. 하지만 혼자가 아니었다.

눈을 뜨고 친구들을 보았다. 내 사람들.

"고마워. 날 찾아줘서. 그렇게 사라져 버려서 미안해…."

나는 조용히 말했다.

"아냐. 네 생일을 떠들썩하게 보내지 못한 건 아쉽지만. 넌 괜찮아?"

비키가 웃으며 물었다.

"괜찮아."

맨델 숲을 둘러보며 얼떨떨하게 대답했다. 모든 게 그대로인 것 같기도, 달라진 것 같기도 했다.

"그런데 우선 병원부터 가봐야겠어!"

"잠깐만! 네 아빠가 널 찾으러 집으로 오신다고 했잖아. 그리고 너 찾았다고 연락드리려는데 망할 신호가 안 잡혀."

라몬트가 휴대전화를 흔들며 부루퉁한 표정으로 손바닥에 쳤다.

"괜찮아. 직접 가면 돼. 가자!"

나는 언덕을 지그재그로 뛰어 내려갔다. 옆에서 네로가 같이 달렸다. 라몬트와 비키가 뒤를 따랐다.

나무 터널을 달려 주술사의 우물에서 오른쪽 갈림길로 꺾었다.

"여기가 오래전에 싱크홀이 있던 자리야!"

어깨 너머로 돌아보며 외쳤다.

"너야말로 오래된 싱크홀이지!"

라몬트가 숨을 헐떡이며 대답했다.

비키의 웃음소리가 새소리처럼 머리 위로 울려 퍼졌다.

우리는 골목을 같이 달렸다. 높은 나무 울타리를 지나자 뒷문이 나왔다. 문을 열고 들어가 뒷마당으로 들어섰다. 집이었다.

"아빠!"

문을 힘껏 열어젖혔다.

47. 내 사람들

집이 고요했다. 인기척이 없었다.

"아빠가 없어."

고개를 갸웃거리며 마당으로 다시 나왔다.

비키가 까치발을 하고 담 너머를 살폈다.

"주차장도 텅 비었어."

"차가 막혀서 아직 도착을 못 하셨을 수도 있어. 이놈의 메시지는 아직
도 안 보내져."

라몬트가 휴대전화를 다시 손으로 쳤다.

우리는 뒷문 앞 계단에 털썩 주저앉았다. 라몬트가 물뿌리개를 향해 돌
멩이를 집어 던졌다. 나는 마음이 덜컥 내려앉았다. 병원에서 급한 연락
이 와서 돌아간 건 아닐까? 혹시….

"다라가 많이 아프다는 거 우리도 알아, 찰리. 우리에게 떠벌리듯 이야
기하고 싶지 않았을 거야… 아니 나한테…."

비키가 이상할 정도로 머뭇거리며 나지막이 말했다.

"아니, 그런 건 아냐."

나도 조용히 대답했다.

라몬트가 돌멩이를 내려두고 내 쪽으로 고개를 돌렸다.

"찰리, 네 마음이 어떤지 조금은 알 것 같아. 안 좋은 일이 일어나면 생각조차 하고 싶지 않지. 힘드니까. 그냥 도망치는 편이 쉬웠을 거야. 아무렇지도 않은 척하면서…."

머리에서 김이 났다. 세상 모든 일을 다 알기라도 하는 양 구는 라몬트가 못마땅했다.

라몬트는 목소리를 낮춰 말을 이었다.

"아빠가 집을 떠났을 때…. 내가 그랬거든."

라몬트가 말을 멈추고 다른 돌멩이를 던졌다. 라몬트의 아빠는 작년에 집을 나갔다. 라몬트는 아빠에 대해 한마디도 하지 않았다. 비키와 나도 묻지 않았다.

"그 일에 대해 생각하지 않는 게 도움이 될 수도 있고 안 될 수도 있겠지. 하지만 생각하지 않는다고 그 일이 사라지진 않더라."

라몬트의 말에 나는 멈칫했다.

조용히 라몬트 옆에 앉았다. 무슨 말을 해야 할지 입이 떨어지지 않았다. 비키도 그런 눈치였다. 다행히 네로는 아는 것 같았다. 라몬트의 무릎 위에 턱을 얹고 들이밀었다.

라몬트가 코를 훌쩍이며 네로의 털을 쓰다듬었다.

"하, 그래도 내가 뭘 알겠냐? 찰리, 네 마음 가는 대로 해. 하지만… 그 석기 시대 이야기는 도무지 못 믿겠어. 나도 믿고 싶지만…."

라몬트가 내 얼굴을 보았다. 이상하게 라몬트의 눈이 아주 오래전 사람처럼 깊고 맑아 보였다.

"내 마음 알지? 믿고 싶은데 잘 안 되는 거…. 그렇게 생겨 먹은 걸 어쩌겠냐."

라몬트가 어깨를 으쓱했다. 나도 으쓱하며 눈을 돌렸다. 아마 하비도 우리 세계를 선뜻 믿지 못할 것이다. 라몬트라는 애에 대해선 더욱!

라몬트의 말이 맞았다. 라몬트는 늘 현실적이었다. 앞으로도 계속 어울려 놀겠지만 내 말을 믿을 일은 없을 것이다. 비키나 나와는 달랐다. 비키와 나는 숲의 모든 것에 이름을 지어주었다. 죽은 자의 무덤, 뾰족 바위, 주술사의 우물, 정령 바위…. 라몬트는 지도를 그렸다. 꽤 그럴듯한 지도였다. 모눈종이에 동서남북을 표시하고 축척으로 대강의 거리를 계산해 제법 정확하게 그렸다. 지도 작업은 시간이 오래 걸렸다. 라몬트는 스스로 만족할 수 있을 때까지 고치고 또 고쳤다. 그게 라몬트 방식이었다. 라몬트는 철두철미했다. 나는 내 친구를 향해 미소 지으며 팔꿈치로 쿡 찔렀다.

"상관없어, 캘런 라몬트. 네 스타일 아니까."

내가 말했다.

"나도 널 알지, 찰리 메리엄. 이 골치 아픈 공상가."

라몬트가 평소처럼 씩 웃으며 날 쳤다.

"오, 이런. 너희 왜 성까지 붙여서 부르는 거야? 그러지 마, 안 돼."

비키가 귀를 막았다.

"왜 안 돼, 베아트리체 버드?"

라몬트가 활짝 웃었다.

"으아악!"

비키가 소리를 꽥 지르며 뒷걸음질 치다 총이라도 맞은 것처럼 옆으로 픽 쓰러졌다. 비키는 정식 이름이 불리는 걸 세상 무엇보다 쑥스러워했다.

나는 낄낄거렸다. 곧 우리는 키득키득 웃기 시작했다. 비키까지도. 네로도 옆에서 미친 듯이 짖어댔다.

라몬트의 휴대전화가 띵 하고 울렸다. 우린 모두 웃음을 멈췄다. 라몬트가 화면을 들여다보았다.

"내 메시지가 드디어 도착했나봐. 네 아빠한테 답장이 왔어. 네가 무사해서 다행이고 곧 집에 도착하신대."

비키가 움찔했다.

"가끔은 아무 말 안 하는 게 메시지일 때도 있어."

그러고는 입모양으로 말을 이었다.

"너 엄청나게 혼날지도 몰라…."

하지만 얼마나 혼나든 상관없었다. 지금 내 머릿속에는 동생 생각밖에 없었다. 동생이 괜찮은지가 제일 중요했다.

차가 앞 골목으로 들어서는 소리가 들렸다. 자갈길을 따라 타이어가 덜컹거렸다.

우리는 계단에서 일어섰다.

"고마워, 라몬트. 고마워, 비키."

"천만에, 괴짜 녀석!"

라몬트가 눈을 굴리며 웃었다.

"그림자 사나이 조심해! 늑대도!"

비키가 어깨 너머로 외쳤다.

아빠의 차문이 쾅 닫혔다. 자갈길을 뛰어오는 발걸음 소리가 들렸다. 아빠가 앞문으로 향하는 동안 나도 뒷문을 열었다.

48. 아빠

"찰리! 오, 세상에. 찰리 메리엄! 너 도대체 어디 있었니?"

아빠와 나는 양쪽 문에 서서 마주보았다. 공중에 온갖 물음표가 둥둥 떠다녔다. 나는 숨을 크게 들이쉬었다.

"아빠?"

소리를 지르고 싶은 걸 참았다.

"찰리….."

아빠의 목소리가 갈라졌다. 헛기침을 하고 다시 입을 열었다.

"찰리….."

"아빠!"

나는 달려가서 아빠를 꽉 안았다. 아빠는 더 세게 날 끌어안았다. 아빠의 셔츠 단추가 내 뺨을 파고들었다. 아빠의 품은 따뜻하고 포근하고 말그대로 아빠 같았다. 아빠의 가슴팍에 얼굴을 파묻었다.

"오, 찰리."

아빠가 내 머리칼을 쓰다듬었다. 고개를 들어 아빠 얼굴을 보았다.

"아빠, 미안해요…. 그런 식으로 도망쳐서 미안해요."

나는 마침내 입을 열었다.

"우리 모두 널 얼마나 걱정했는지 몰라."

아빠의 목소리가 작게 들렸다. 멀리 떨어져서 말하는 사람처럼.

"정말 정말 미안해요."

아빠는 한숨을 쉬며 천천히 고개를 저었다. 아빠 얼굴이 십년은 더 나이 들어 보였다.

"도대체 어디 있었던 거니?"

나는 잠시 머뭇거렸다.

"그냥 숲에 있었어요, 아빠."

내 목소리가 기어들어갔다.

아빠가 걱정과 안심이 섞인 얼굴로 날 물끄러미 보았다. 나는 얼굴이 화끈거려 고개를 푹 숙이고 발끝만 보았다. 아빠가 무슨 생각을 하는지, 뭐라고 말할지 짐작이 되지 않았다. 엄마는 예측이 어렵지 않았다. 아마 잔소리를 귀가 따갑도록 늘어놓을 것이다. 책임감이라는 것을 가져라. 가끔은 다른 사람 생각도 좀 해라…. 아빠의 침묵은 엄마의 잔소리보다 더 힘들었다.

머리카락 사이로 아빠를 슬쩍 훔쳐보았다.

"아빠…. 다라는 어때요?"

내가 먼저 입을 뗐다.

아빠가 날 보며 눈을 깜빡거렸다.

"다라?"

나는 고개를 끄덕였다.

아빠가 숨을 크게 들이마셨다. 마음을 꾹 누르는 것 같았다. 애써 담담한 척하려는 게 눈에 보였다.

"다라는⋯."

아빠의 목소리가 떨렸다. 목을 가다듬고 다시 말했다.

"찰리, 다라가 많이 아파. 심장이 제대로 자라지 못했대. 지금 수술을 받고 있어."

내 심장도 쿵 떨어졌다. 숨이 가빠왔다. 나는 침을 꿀꺽 삼켰다.

"그럼⋯ 수술은 언제 끝나요?"

"일단 해봐야 안대."

아빠가 시계를 보며 한숨을 쉬었다.

"금방 끝나지는 않을 것 같더구나. 엄마는 안정을 취해야 하니까 무슨 일 있으면 아빠한테 연락하기로 했어."

아빠의 표정이 겁먹은 아이처럼 굳어 있었다. 나는 고개를 돌렸다.

"병원에 가 봐도 돼요? 그러니까 수술 끝나면요. 다라를 안아주고 싶어요."

내 목소리가 떨렸다.

그때, 아빠의 주머니에서 휴대전화 진동 소리가 드르륵 울렸다. 아빠는 바로 전화기를 꺼냈다.

"엄마야."

아빠가 속삭였다.

아빠와 나는 잠시 눈만 깜빡이며 전화기를 보았다. 우리는 곧 일어날 일

을 생각했다. 두렵기도 하고 궁금하기도 했다. 이 전화 한 통이 모든 것을
바꿀 거란 걸 알았다.

"여보세요."

아빠는 응접실로 들어가 문을 닫았다.

49. 소식

계단을 뛰어 올라가 하워드 카터를 껴안고 침대에 누웠다. 하워드는 손 밑으로 파고 들어와 쓰다듬으라고 머리를 들이밀었다. 하워드의 눈동자를 보며 스라소니를 떠올렸다. 베개를 두드리며 조용히 영혼의 노래를 불렀다. 열린 창틈으로 맨델 숲의 나무들이 바람결에 속삭이는 소리가 들렸다.

백 년쯤 지난 듯한 시간이 흘러 아빠가 계단을 천천히 올라왔다. 나는 침대에서 벌떡 일어났다. 아빠가 문을 빼꼼히 열고 머리를 내밀었다.

"다라는 어떻대요? 괜찮대요?"

아빠가 들어와 내 어깨를 잡았다. 그러고는 내 눈을 똑바로 보았다.

"다라는…"

목소리에 기운이 없었다. 아빠는 목이 메는지 침을 삼켰다.

나는 맨델 숲 가장 높은 나무의 꼭대기에서 떨어지는 것 같았다. 주술사의 우물로 뛰어든 것 같았다. 아래로 아래로 아래로. 내 온몸은 쿵 하고 추락해 모든 것이 끝장날 순간을 앞두고 뻣뻣하게 굳어갔다.

"다라! 다라!"

하비처럼 다라의 이름을 불렀다. 다라가 전사가 된 것처럼. 나 역시 전사인 것처럼.

"찰리."

아빠가 고개를 저었다. 눈물이 아빠의 뺨을 타고 내렸다. 눈가에 주름이 잡혔다.

"괜찮대. 수술이 잘 되었대."

아빠의 목소리가 갈라졌다.

내 눈에도 눈물이 고였다. 아빠가 날 가까이 잡아당겨 끌어안았다. 나도 두 팔로 아빠를 꼭 안았다. 내 눈물이 아빠의 셔츠를 적셨다. 아빠도 어깨를 들썩였다.

"좋은 소식인데 왜 우리 울고 있죠?"

여전히 아빠 품에 안긴 채 물었다. 목소리의 반이 아빠의 가슴팍에 묻혔다.

"그러게. 네 방에 양파가 있나보다."

아빠가 한 팔을 빼서 코를 풀었다.

나는 눈물이 그렁한 채로 웃었다.

"내 방에 양파가 어딨어요? 뭐, 좀 울면 어때요. 석기 시대 원시인도 우는데."

나도 티슈를 뽑아 코를 풀었다.

"찰리 메리엄다운 말이네."

아빠는 내 정수리에 입을 맞췄다.

241

"너한테 개 냄새가 왜 이렇게 심하게 나냐?"

"네로 때문이죠, 뭐."

나는 급하게 둘러댔다.

아빠가 어깨를 으쓱했다. 나는 늑대 생각에 소름이 돋았다. 다행히 아빠는 눈치채지 못했다.

그때 아빠가 이제야 눈에 들어온다는 듯 분주하게 날 훑어보았다.

"찰리! 네 꼴이 이게 뭐냐?"

아빠는 다시 내 어깨를 잡고 날 멀찍이 세웠다.

"도대체 뭘 하고 다녔기에 이 지경이야? 온몸은 상처투성이에 못 봐줄 정도로 지저분해. 당장 목욕부터 해라, 찰리."

"안 돼요, 아빠! 일단 병원에 가요! 다라를 만나고 싶어요. 엄마도 보고 싶다고요."

"진정해, 찰리. 진심으로 그 꼴로 엄마를 만나고 싶은 거니? 엄마가 아마 기절초풍할걸. 병원 문도 통과 못 할 거야. 너 지금 걸어 다니는 세균 덩어리라고."

아빠의 눈썹이 천장에 닿을 듯이 삐죽거렸다.

나는 웃음을 터뜨렸다. 아빠가 평소처럼 장난스럽게 말했지만, 눈은 웃고 있지 않다는 걸 깨달았다. 다시 등줄기가 서늘해졌다.

"아빠, 좋은 소식만 있어요? 혹시…."

나는 나지막이 말하며 침을 꿀꺽 삼켰다.

"안 좋은 소식도 있어요?"

"음, 안 좋은 소식?"

아빠가 흠칫 놀라며 머뭇거렸다.

"동생은 만만한 존재가 아니라는 것? 너도 곧 알게 될 거야. 네 물건을
모조리 망가뜨리고 널 가만히 두지 않지. 먹을 것도 많이 뺏길 거야."

나는 피식 웃었다.

"농담하지 말고요, 아빠. 진짜로 알려줘요. 알고 싶어요."

50. 약속

아빠가 처음 보는 사람을 보듯 날 빤히 바라보았다. 그러고는 한숨을 쉬었다.

"앞으로도 여전히 힘들 거야, 찰리. 다라는 계속 집중치료를 받아야 하고 한동안 병원에서 지내야 한대. 어쩌면 평생 심장에 몇 가지 문제를 안고 살아야 할 수도 있어. 조금 더 크면 수술을 몇 차례 더 받아야 할 거야. 그리고 엄마는…"

아빠의 목소리가 차츰 가라앉았다.

아빠는 침대 옆 작은 테이블에 놓아둔 액자를 집어 들었다. 내가 태어났을 때 찍은 가족사진이었다. 아빠는 바보처럼 헤벌쭉 웃고 엄마는 날 꼭 안은 채 활짝 웃고 있었다.

내 옆에 앉은 지금의 아빠가 한숨을 쉬었다.

"우리 가족의 삶도 조금 달라질 거야, 찰리. 네 엄마도 그렇고 우리 모두 그럴 거야."

아빠는 어른에게 말하듯 담담하게 말했다. 우리가 한 팀이라는 듯이.

"조금은 달라지겠죠. 어떤 부분은 그대로일 테고요. 무슨 일이든 계속 일어나겠죠. 가끔은 안 좋은 일도요. 상처도 입고 힘들기도 하겠죠."

내 말에 아빠가 고개를 끄덕였다. 나는 말을 이었다.

"하지만 우리는 서로를 돌볼 거예요. 그게 우리가 할 일이에요."

나는 아빠의 눈을 가만히 들여다보았다. 아빠는 내 말을 수긍하는 눈치였다.

아빠가 내 머리를 쓰다듬었다. 머리카락에서 나뭇가지가 나왔다.

"원시인이 따로 없네! 아무래도 당장 목욕부터 하는 게 좋겠어."

아빠가 눈썹을 다시 삐죽거렸다.

"그럼 간단히 샤워만 할게요. 얼른 엄마랑 다라를 만나고 싶어요."

"알았다. 실은 다라가 병원에서 널 기다리며 생일 선물도 준비해놓았어."

나는 활짝 웃었다.

아빠가 계단을 빠르게 내려갔다.

"점심은 뭐 먹고 싶냐?"

"뭐든 다 좋아요."

나는 크게 외쳤다.

김이 나는 따뜻한 물을 맞으며 배수구로 쓸려나가는 진흙과 나뭇잎과 핏물을 바라보았다. 과거는 저렇게 쉽게 쓸려나가지 않는다. 어떤 것은 사라지거나 잊히지만 어떤 것은 남는다. 내가 하비의 사슴 이빨을 찾은 것처럼 누군가 발견해주기를 기다리며 언제나 그 자리에 있는 것이다. 손가락으로 가슴에 원을 그렸다. 사슴 이빨 목걸이가 닿는 자리였다. 우리를 지켜주는 건 사슴 이빨만이 아닐 수도 있다. 어쩌면 그건 사람일 것이다. 아마도 우리일 것이다.

방에서 다른 파란색 티셔츠를 꺼내 입었다. 밖에서 찌르레기 우는 소리가 들렸다. 침대에 무릎을 꿇고 앉아 창밖 정원 너머 맨델 숲을 바라보았다. 산비둘기 한 마리가 흔들리는 너도밤나무 가지에 걸터앉아 있었다. 깃털에 이른 아침 하늘처럼 잿빛과 분홍빛과 은빛이 오묘하게 섞여 있었다.

"구구. 구구. 누… 구?"

산비둘기가 울었다.

"찰리 메리엄."

내가 대답했다.

"구구. 구구. 누… 우… 구?"

산비둘기가 또다시 울었다.

"촐리머룸."

나는 나지막이 속삭였다.

둘 다 나였다.

맛있는 냄새가 계단을 타고 올라왔다. 십이 년 전 가족사진을 집어 들었다. 오늘 우리는 새로운 가족사진을 찍을 것이다. 우리 가족은 달라졌지만, 여전히 같았다. 나는 작은 아기를 안고 사랑으로 가득 찬 심장으로 헤벌쭉 웃을 것이다.

내 동생 다라 메리엄을 처음으로 안는 순간에 나는 약속할 것이다.

바로 여기서 오래전에 하비가 나나에게 했던 약속.

246

"지켜줄게."

다라의 작은 귓가에 속삭일 것이다.

그리고 약속을 지킬 것이다.

끝

옮긴이 허 진

중앙대학교 법학과를 졸업하고 기자로 일했습니다. 〈한겨레어린이청소년책 번역가그룹〉에서 공부했으며, 〈한겨레 아동문학 작가학교〉를 수료했습니다. 옮긴 책으로는 《에비와 동물 친구들》 《임파서블 보이》 《바다 도시의 아이들 1, 2》가 있습니다. 어린 시절 읽은 좋은 책과 여전히 친구 사이로 지내고 있습니다. 어린이와 청소년에게 좋은 친구가 될 만한 책을 찾아 기획하고 번역하는 전문 번역가로 활동 중입니다.

The Wild Way Home
집으로 가는 길

2022년 4월 2일 1판 1쇄 발행

글쓴이 | 소피 커틀리
옮긴이 | 허 진

발행인 | 지준섭
책임편집 | 구미진

출판등록 | 2018년 10월 25일 제25100-2018-000071호
주소 | 서울시 노원구 마들로5길 25, 102동 105호
전화 | 010-5342-4466 **팩스** | 02-933-4456

ISBN 979-11-90618-29-8 43840